文春文庫

しょうがの味は熱い

綿矢りさ

文藝春秋

もくじ

しょうがの味は熱い

しょうがの味は熱い

整頓せずにつめ込んできた憂鬱が扉の留め金の弱っている戸棚からなだれ落ちてくるのは、きまって夕方だ。夜が近づくにつれ下がってきた部屋の温度や、紙ばさみに目を落としている絃《ゆずる》の、まだ会社での緊張が解けていない肩が、なぜか耐えられないほどに切ない。

鍋が煮えるまで、またはグリルで魚が焼けるまでの、何もすることがないこの空白の時間を、私はうまく過ごせない。おかえりなさいから夕食を食べるまでの、日常の隙間の四十分が人を絶望させる力を持っているなんて、絃に会うまでは知らなかった。台所から漂う魚の焼けるいい匂いが部屋に満ち、日が落ちて暗くなってきた外に対して蛍光灯の放つ光は嫌味なくらい隅々まで部屋を白く照らし、ソファの黒革は太ももの裏に冷たい。帰ってきてから絃がほとんどしゃべっていないことがどうしても気になる。思わず口を開いてしまう。

「絃、どうかしたの」

「なに？」

紙ばさみから目を離し私を見る目つきは、仕事のことで頭がいっぱいなせいか、どこか鋭い。

「なんだか沈んでるみたいだから」

「そうかな。まあ疲れてるけど」

「会社でなにかあったの」

「ちょっと」

紘はまた会社から持ってきた仕事に戻る。今日は休日出勤だったのにまだ働いている。なにをそんなにすることがあるのか。アルバイトしかしたことのない私には分からない。

今日いきなり寒くなったけど、午後から上着あれで良かった？　私は今日児童館で、休日なのにいつまでたっても子どもを引きとりに来ない親がいて大変だった。仕方ないから閉館のあともその子とすぐそばにある公園で遊んでたよ。何気ないことを話したいけれど、また、そう、と言われるだけかもしれないと思うと出てこない。今日お互いに起こったことを話したり、お腹は空いているかいないかなどのやりとりは家で彼の帰りを待ち、彼が帰ってきたことがとてもうれしい私にとっては大切だけれど、会社で疲れて帰ってきたうえ、家でもやらなければならないことがたくさんある紘にとっては、削ってもいい時間の第一候補になるだけなのだ。

ご飯の炊けた合図が部屋に鳴り響き、私は立ち上がって台所へ行き、炊飯器を開けて濡らしたしゃもじでご飯をかき混ぜた。うつむいた途端漏れそうになったため息を飲み込む。絃はため息の音に敏感だ。炊き上がったばかりのお米をむらしていると、ちょうど良い暖かさの炊飯器を抱き、頬ぺたをふたにくっつけて眠りたくなった。

絃は肉やご飯、麺類ももちろん食べるけれど、野菜中心の食事で、味付けは薄く素材の味のまま、焼いた魚と蒸した野菜とパンが定番。電子レンジやトースターの無いこの家ではパンは台所に備え付けの魚用グリルであたためるから、少しだけ魚の匂いがする。箸で魚の白身をほぐし、骨をきれいな形で取り出そうとしているとき、彼はとても真剣な顔でうつむいていて、テレビなんか見ない。絃が発掘家みたいに丁寧に骨を取り出したあと、たいてい魚は冷めかかっているが、彼は気にせず食べ始める。

絃が焼き魚のときもパンを食べるのに対して、私は醬油とご飯が必要になる。いつも真鯛に醬油をこぼし、ほかほかの魚の身と炊きたてのご飯を口に入れる。絃は魚には何もかけない。私にとっては軽い塩味の白身に醬油をいい具合に染み込ませて食べるのがおいしい。食べる勢いが増すと、いやしく見える危険があるから、ゆっくりお箸を動かすよう心がける。一人暮らしの間に染みついてしまった人の目を気にしない食べっぷりを直さなければならない。ようやくあこがれていた、男の人と一緒に住む生活ができたんだから。

味噌汁を飲んで身体が温かくなったら、憂鬱の影が薄くなってきた。

ついさっきまで泣きそうだったのに、紘と一緒にご飯を食べただけで気持ちが晴れてきた。夕暮れどきの部屋がうす暗くなっていく時間、私は過敏になりすぎる。帰ってきた彼が言葉少なだと、二人で暮らす生活がもうじき終わってしまうんじゃないかって不安に駆られる。晴れたり翳ったりと気持ちが不安定なのは、恋のせいだと思っていた。でも実際は私は甘えているだけかもしれない。紘にではなく〝恋〟という言葉に。

「お味噌汁、あったかいよ」

今日うまく作れた大根とあげの味噌汁を食べてほしくて、椀を紘の陣地に置いたけれど、パンを口に運ぶ紘は、少し笑って首を振った。魚とパンの組み合わせは良いけれど、お味噌汁とパンはだめだなんて、変なこだわり。

主菜が同じでも主食が違うと、全然違うものを食べているみたい。家族と囲んでいた食卓では、みんな同じものを食べていた。違うところといえば、父は一人だけお酒を飲み、好き嫌いの多い母は苦手なおかずには手をつけなかったことくらいだ。紘との食事はメインが一緒でも、片方がパンとフルーツ、もう片方がご飯とお味噌汁だったりする。

私はあまりこだわりがなく、紘と同じメニューを食べることも多いが、紘はほとんど私に合わせたことがない。別々のものを食べる食卓は、たとえいっしょに食べてもどこか距離を感じる、なんてぜいたくかな。交代でご飯を作っているが、料理本通りに材料をそろえる私は、費用が紘の二倍くらいはかかっている。冷蔵庫にあるものを使って作れるようになりたい。もらってきた大きな大根のうちの半分を、今日の味噌汁に使ったから、残りで明日はぶり大根を作ろう。でも、ぶりの油さえ、紘はしつこがるかもしれないから、ふろふき大根にした方が良いのかもしれない。

夕食を私より先に終えた紘は、グレープフルーツの皮を薄いナイフで剝き始めた。果物の皮はほどけるように下に落ち、完全な丸い形をした果実が手のなかに残る。白い繊維まで一筋も残さずに剝ぎ取られた実は、薄皮の下の果肉が透けて見えるほどの丸裸になって、痛々しい。そういうところが好き。彼の自分と違うところを愛し、彼の自分と違うところにさびしさを感じる。彼の一つ一つに胸が高鳴り、同時にしめつけられる。私がかぶりついて手も口もべとべとにしながら食べるのに対して、紘は一房ひとふさの薄皮を丁寧に剝がしてから、口にほうりこむ。手も唇もほとんどぬれない。

生活のこまごましたことにきちんと時間をかける彼は、身体のなかにいつもゆっくりした音楽が流れているみたいで、彼のそばにいると、私はせかせかと意味なくあせっている変わり者。常に目の前のできごとに必死、一つ先の動作さえも見渡せず、目的までの過程がじゃまくさくて雑にすませてしまう私は、紘の、生活をきちんとこなしていく動作に触れると、ずれていた背骨の小さな一つ一つがまっすぐに直っていく感覚。紘の真似をして手短に済ませていた雑事を丁寧にやったら、逆に一日が前よりも長くなった。一日を細かいコマに区切って各コマに平等に時間をかけると、ぼーっとしたり、あっという間に過ぎていく時間が無くなるのだ。掃除も丁寧にすると、急いでできとうにしていたときよりなぜか邪魔くさくなくなった。清潔で、いつも同じ物が同じ場所に在る部屋にいると安心するようにもなった。

時折ナイフや紘の手からしたたり落ちる果汁のしずくは、テーブルを汚すことなく、洗濯しすぎて色あせたランチョンマットの上に落ちる。初めて彼のこの家に来たときは、白雪姫に出てくる小人たちの家に迷いこんだ気分だった。キッチンの戸棚のなかにはランチョンマットが何枚もあって、毛布も男の人の部屋にはそぐわない赤とオレンジのタータンチェック柄、テーブルや椅子には脚に小さな靴下が履かせてあって、寒がりの四本足の動物のように見えた。妙にアットホームなこまごまとした内装で、一人暮らしの男の人の部屋とは思えなかったけれど、この家には意味のあるものしか存在しないと、ここで暮らし始めてから気づいた。ランチョンマットはテーブルをいちいち拭かなくてすむように、明るい色の毛布は視覚の効果も取り入れて最大限寒さをやわらげるために、テーブルに履かせた靴下は動かしたときに床を傷つけないためにある。

　他にも、飲んだ後の牛乳パックはすべて切り開いてベランダに干し、大中小の鍋は収納棚の定位置に置き、靴は二足以上玄関に置かない。紘は僕は神経質すぎるかもしれない、僕と暮らすのは面倒くさいだろうと言ったけれど、私は彼の秩序の一つ一つを愛しているから、できるだけ守っている。自分がここまで他人に合わせられる人間だと知らなかった。彼の家に転がりこんできてからの私は、人間というよりまさに借りてきた猫だ。まだ猫の方がプライドをもって好きなようにふるまっているかもしれない。相手の顔色をうかがっているうちに、自分本来の生活を忘れてしまった。決まった時間に夕食を食べた日なんて、一日もなかったのに。

　501号室、もともと紘の借りていたこの部屋のドアの内側には一人暮らしにしてはかなり広々とした空間と、清潔な床ときちんとした生活の匂いがあるけれど、外観は建物の年齢通りの老け方をしている。白のコンクリート壁は灰色の筋で汚れ、屋根は古い緑色の塗装がはげかけている。玄関口の横には鍵のついていない、住民たちのメールボックスがあり、そのすぐ横には青いふたつきのゴミタンクが三つのゴミ捨て場がある。ロビーには何年も前の水道工事の注意書きの紙が貼ってあり、旧式のエレベーターの中はかびくさく、がたつきながらゆっくりと上昇する。動物にしては小さい動物や、虫にしては大きい虫も一緒に住んでいる。外観を見たら部屋が広くても家賃が安いのには驚かない。

会話がなく間がもたなくて、お箸をくわえたまま部屋のなかを見回した。もう一年近くも一緒に住んでいるのに、この部屋での私の存在感は、いつまで経っても増さない。この家での私の陣地は押入れのミニたんす一箱、プラスチックケース二箱、折りたたみベッド一台。陣地の外から出た私の持ち物は紘の部屋のなかで異質な、場違いの光を放つ。台所のシンクに化粧水の瓶を置き忘れるだけでだらしなく見えるから、自分の陣地に片付ける。表札には彼の名前だけがかかっている。私の方が家にいる時間は長いのに、部屋での私の匂いが薄いのはくやしい。陣地を広げるべく、さりげなくインテリアをいじるけれど、やっぱり浮いてしまって、気がついたら紘がそっと取り払ってしまって、うまくいかない。

紘は目を伏せてグレープフルーツの房の皮も剝いている。まつ毛の影が目の下に落ちている。

「会社の人なんかには分からない良さが、紘にはいっぱいあるよ」

グレープフルーツの房の皮を剝いていた彼は、ぼんやりとこっちを眺めた。

「どうしたの、いきなり」

「会社で何かあったって言ってたから」

「ああ」

「例えば、紘のどこが好きかって言えば、掃除機のかけ方かな。男の人がこんなこと言われて喜ぶのか分からないけれど、紘は掃除機をとても丁寧にかけるでしょ」

紘がとまどっている顔になる。しまった、変なことを話し始めてしまった。でも止められない。なにしろこの空間には、しゃべり始めた人間と、それを聞く役目の人間しかいないのだから。話している方向が間違っていることに気づいた。

「私のなかでの掃除機のかけ方って、床の上をがーがー滑らすっていうか、一度に全部吸い込めなかったら何度も同じ箇所を行き来させるイメージが強いの。掃除機の音ってうるさいから、どうしても人をいらつかせてがさつにさせるじゃない？　ダイソンとか、高いの買えばそうでもないんだろうけどねえ。各国共通じゃない、映画でもアメリカ人は電話をかけながら乱暴に動かしてる。でも紘はゆっくりなめらかに掃除機の柄をスライドさせて、隅を掃除するときは壁にぶつけたりしないで、ぴったり角に掃除機の頭の角をはめて、掃除機が細かい音をたてながらごみを吸い込んでいくのを楽しむみたいにゆっくり動かして、一回で吸い込みつくす。あれって素敵。掃除機ってうるさいし、うまくついてこないし、椅子に引っかかったりすると、ホースを引っ張って力技で近くに寄せちゃったりするものなのに、あなたはよく訓練した犬みたいに掃除機をついてこさせて、とても静かに掃除するから、官能的な趣きさえあるよ」

紘は疲れを深くさせた瞳で一度だけうなずいた。私が励まそうとしたことにさえ気づいていない。気がつかなくて当然かも。私は思いついたまま脈絡のない掃除機の話を始めてしまったし、紘はいきなり始まった意外すぎる話についていけてない。

「どう言えばいいか分からないけれど」

「僕は普通に掃除してるだけだよ」

「うん分かってるの普通のことだけれど私には特別に見えるの。うまく言えないけれど紘にはそういういいところがいっぱいあるの。そこを大切にして」

最後を恩着せがましく締めたあと、また沈黙。ああ、肩が凝る。でも私が悪い。

名誉挽回のため、またしゃべりたい衝動に駆られるけれど抑えて、お碗に残っていた一口分のご飯を食べきる。どう話を区切ろうかと考え込んでいるうちに、テレビの出演者の言葉に紘が笑い、私も目を上げてテレビを眺め、おもしろいトークを展開するコメディアンにそっと感謝した。

ピンセットで爪に星を落とす。極小の金色のひらべったい星は塗りたての薄紫のエナメルにぴたりとくっつき、繊細な作業をしたあとのピンセットの先は少し震えている。紘と一緒にいるときは映画を見たり本を読んだりすることができない。彼の存在が重要すぎて集中できないからだ。彼と同じ空間にいてできることといえば、爪を整えるくらい。お皿は紘が洗ってくれたから、今日はゆっくり乾かせる。

部屋にマニキュアの匂いがこもらないように、サッシを少し開けると、鼻をつく匂いは外に出て行き、かわりに指先を冷たくさせる秋風が入ってきた。今日の夜空は星も月も出ていないのに明るい。雲のぼんやりとした半熟の白みが、空を覆いつくして闇をさえぎり、夜を完全にしない。風と共に川の流れる音も鮮明に部屋のなかに入ってくる。

アパートが川の岸辺に建っているせいで、この部屋では窓を開けていても閉めていても絶えず川の音が聞こえる。水深の浅い幅広い川で、桜が川岸に沿って生えているので春には桜の花びらが川の表面を覆い尽くしながら流れていく。昼間にはアヒルが連れだって泳いでいて愛嬌のある鳴き声が部屋まで聞こえてきたりするが、雨が降り水量が増えると近くにある水門が開き、濁流が勢いを増し、へどろの臭いが立ちこめる。町の人々がストレス発散のためにつばを吐いたり紙を散らして汚したりもする、都会の川だ。

座ってもたれかかっている居間と和室を区切る柱はすり減って細く、柱の表面の木はところどころ削れていたり、黒ずんでいたり、部屋の年月を感じさせる。木目を指でなぞると、滑らかすぎる感触に鳥肌が立ち、指から身体にまで伝わった。ありもしない木のささくれを、手の平が想像している。果芯のように細い柱。私たちは日にちの経ったりんごのなかで、黒い種になり向かい合いながら暮らしている。

紘はベッドに寝そべって、まだ会社で出力してきた企画書を見たりしている。早く終えたいのかページをめくる手つきが少し荒々しい。彼の生活の基軸は会社で私生活は長めの休憩でしかない。本人がそれに気づいていないことは痛々しい。勤めるまえとは顔つきが変わってきているのに。

大学時代、会社人間をばかにしてきた彼は、給料をもらうために会社を利用しているんだ、良い生活を送るために働いている、仕事が生きがいになるなんてことは絶対にないからお金さえ貯まればいつでもやめると話していたが、このごろ仕事は影みたいにいつでも彼にくっついてきている。今日も日曜日なのに当番で回ってくる休日出勤に駆り出されて、帰ってきたのは半日過ぎてからだった。前は残業や休日出勤になると入社説明会で受けた労働条件と違うと憤慨していたけれど、いつの間にか無反応になり、仕事を最優先にして休日には体力を温存するようになった。〝こんな生活はいつまでも続きそうにない、今の生活を早く抜け出たい〟と彼が言ったことがあって、忙しさについて言ったことだから違うのに、二人の生活が否定された気がして私は少し沈んだ。沈むまえになぐさめたりしなきゃ、二人いっしょに暗くなるだけだって分かっているんだけど。

ポーチから床にこぼれ出ていた眉ペンを拾うと、紘のシャツをまくり背中のほくろを、ぼんやりした灰色の線でつないでいった。紘は企画書を見続けている。背中を終えると今度は太ももから尻にかけての黒点をつなげていく。しっかりした顎と肩、短い頸に太く真っ直ぐな胴。ほくろはわき腹からお尻、太ももまでにかけて、まんべんなく散らばっている。ときおり肌に触れる冷えた指先と、皮膚をすべる丸い芯のこそばさに脇腹は逃げ、彼は下着をずり上げようとする。

「やだ動かないで、まだ爪乾いてないんだから」

上へ上へ逃げようとする紘のお尻を押さえつけて、ほくろをつなげると、ダックスフント座ができた。ぶかっこうに胴の長い、彼の身体で飼われている犬。

十一時半、私たちは電気を消しベッドに入り、テレビだけ点いているうす暗い部屋でニュースを見る。朝に新聞を読んでから会社に行ってるのに、帰ってきてどんなに疲れていても、彼はテレビのニュースだけは欠かさず見る。今日はもう遅いからパソコンを立ち上げないだろうが、眠るまえにさらにインターネットのニュースまでチェックするときもある。私は彼の隣で、折り曲げて高さを出した枕を首の後ろに当て首を不自然な直角の角度に起こしながら、マンションで起こった殺人事件のニュースをしばらく一緒に見続けた。事件のあった部屋の、カーテンを引いて閉めきった窓と、子ども用自転車が置いてある狭いベランダが映り、絃があくびした。

「ねえ、なにか言うことないの」

「どうしたの、急に」

「なにかしゃべることないかな、と思って。一日の終わりに」

絃はいかにも眠たいといったふうな、むにゃむにゃした声で答えたが、なんと言ったか聞き取れない。

「ちゃんと答えてよ。なんか、どうでもいいみたい」

「かもしれないね」

「なに、かもしれない、って？」

「どうでもいい、ってこと」

私が身体半分を彼の方に乗っけて彼の胸の上に顎を置き、彼の顔を正面からじっと眺めても、彼は視線を移すこともなく腕で頭を支えたまま、テレビを見続けている。手はほとんど無意識に私の頭をなでている。絃が家にいるときだけかけている太い縁の眼鏡をはずし、鼻筋の脇に付いている眼鏡のくぼみに口づけると、かすかに、くすぐったそうに鼻を鳴らした。もう少しの予感がした。ＣＭに入った途端音量が大きくなったテレビを、紘がリモコンで消す。

紘は起き上がり壁際に沿ってベッドの上に座り、おいでと合図した。私は紘のあぐらをかいた脚のなかにうしろむきで腰を下ろして、紘が手と足で作り出す空間にしっかりと収まる。紘の腕がうしろからまわってきて肩を抱くと、抱きしめられているというより、暖かい木枠のなかに収まった、という感じがする。ここが私の居場所。もし紘の心が冷めきっていたとしても、彼の身体はいつも温かい。

ただ髪を指で梳《と》かすのではなく、ときどき持ち上げる彼の動作が、本当に好きだ。両手の間を少しずつ広げていくと、一房ずつ彼の指の隙間からこぼれて、はさはさと髪が肩に落ちる音が聞こえる。後ろをふりむくと紘の舌が柔らかく絡みついてきて、唇から身体全体に安心が広がる。段々夢中になってきた紘を顎を上げて受けとめているうちに私の喉は斜めにまっすぐ伸びた。

流れる川の音は窓を閉めていても五階の私たちの部屋まで響いてくる。普段は意識しないが、水が水を削る音は常に響いていて、耳を澄ませば鼓膜はこまかく震える。完璧な沈黙が訪れないから私は独りでいるときでも完璧な孤独に陥ることはない。

夜の闇が溶けた黒く大きな川の向こう岸には古い高層ビルやアパートが立ち並び、向かいのビルの会社員たちはまだ残業をしていて、オフィスの白く明るい蛍光灯の光が川を越え、うすいカーテンを通し、電気を消した私たちの部屋を照らす。紘の首から肩にかけての輪郭と、まばたきしている目のかがやきが分かるくらいに。光の届かない四隅に闇が落ちている部屋は電気をつけているときよりも広々としていて、どこまでも布団のやわらかい感触が続いているような気がしてくる。

夕食のとき、十月に入ってから段々寒くなってきたねと言い合いながら縮こまっていたはずの私たちは、身につけているもの全てを取った途端全然寒くなくなり、お互いの身体を追いかけてのびのびと動く。唇をお互いの身体につけ合っていると、肌がうぞうぞしてきて、抱き合うだけで幸せだったはずなのに、次の段階へ上がるきっかけを、彼の首筋やわき腹や腕の裏に探してしまう。紘は本当に熱心に私の身体のやわらかさを味わう。私はそれを見ている。紘は視線に気づくと動作を止めたり、私の視界をふさごうと唇を重ねてきたりする。でも私は紘の鼻先が私の肌の谷間に埋まるのを見るのをやめられない。いいから、見つめていたい。

意識が溶けてシーツに染みこみ、隣に横たわる紘の身じろぎで目を覚ました。ベッドの周りに脱ぎ捨ててあったり、足で押しやったせいで布団とシーツの隙間で丸まっていたりする下着やパジャマを二人で掘り出す。相手のを見つけたら投げ合う。脱いだ記憶も無い、意外な場所に挟まっている下着を見つけると、いつの間にこんなところに、と笑ってしまう。

トイレから戻ってきて布団にもぐり込んできた紘の身体はさっきより少し冷えている。体温だけでなく気持ちもちょっと冷めたのが伝わってくる。無口に戻った彼がいきなり他人に見えてとても奇妙な感覚になるけれど、この感覚のほうが正常なのだろう、私たちの間に流れたほんのわずかな年月のことだけを考えれば。

うつぶせから少し起き上がってとがった裸の肩、伏せられた瞼の下のどこか野性的な眼差し、紘は私の視線に気づくと、ただ私を眺め返した。私は彼がいまどれだけクールな気分でいるか想像がついた。

性欲を解き放ったあとの男の人は、すさんでいる、とまではいかないけれど、ぶっきらぼうな、少年のころの瞳に戻る。男の人たち自身は〝賢者モード〟なんて呼んでおちゃらけているけど、じっさいはどんなときよりも、一匹で山を歩くおおかみみたいな顔つきをしている。小学生のころ、男の子たちはこのような瞳で彼らよりいち早く恋や告白に興味を持ち始めた私たち女子を眺めていた。好きだの恋だの愛だの意味分からないし興味ない、どうでもいい。男の子同士で群れて、男の子だけの世界で遊んでいた。いつしか彼らは私に優しくなり、気を遣い、大事にするようになったが、紘の瞳を見ていると本質は昔のままなのだと気づく。男の人が年齢を重ねて成長しただけで女の人に優しくするようになったことの方が、信じられなくなる。

隣に紘がいるのに、紘に会いたい。身体を重ねるまえよりも、たちの悪い、ねばつく女になっている。紘が反対側を向くと不安になり自分の身体の魅力が消えうせた気がして、思わずため息をつくと、彼が身体を起こした。

「なに今の」

「え」

「どうした、ため息ついて。言いたいことがあるなら聞くけど」

「どうもしてない」

すぐ隣にいる同士なのに、どうしたの、どうしたのと聞き合っている私たちは、本当は何が知りたいんだろう。

「言って」

紘の真剣な瞳に吸い込まれそう。どうしたい、何がしたいと聞かれると頭が真っ白になる。私が一生懸命しゃべっているときは、結構てきとうな返事をするくせに、何気ないため息を見逃してくれない。てきとうなことを言ってごまかそうとすれば絃は見破るし、あと絃には、私がつい感情的になって言ってしまった言葉を、私の本音だと受け取って、すべて分かったような顔をするところもあるから、思いつくままの言葉を口に出すのも危険だ。

「何を言えばいいの」

「何を考えていたのか知りたいだけだよ。ため息につながる、どんなことを考えていたのか」

今日初めて絃と向かい合った気がした。絃はまっすぐに私の目を見て、今日初めて、聞こうとしてくれている。なのにさっきまでと全く違って、頭にはなんの言葉も浮かんでこなくて、焦りだけがつのる。

「なあ」

「……絃はどうなの。何を考えているの」

「僕が先に聞いたんじゃないか。まず答えるべきだろ」

「特に無いかも」

「じゃあもう何も言うことは無いんだね、本当に」

焦る気持ちと反対に私の頭のなかにはどんどん何も無くなってゆく。

「ねえ」絃の声が苛立つ。「何考えてる。どうして黙ってる」

「絃には分かってもらえない感覚かもしれないけれど、いま頭の中が空白なの」

「じゃあ、さっき暗い顔になってため息ついていたけれど、何も考えてなかったんだね？」

「さっきまで考えていたんだけど、絃に訊かれた途端、真っ白になった」

絃と一緒にいると感情と思考が言葉ではなく音楽で流れて、感情に合わせてメロディが暗くなったり明るくなったりする。演奏がいきなり途切れた今、ホールには何の音もしない。さっきまでは暗いメロディが流れていたのと正直に言ってみたかったが、事実だとしても口に出した途端頭のたがが外れかけているふうに聞こえるのはわかっていたので、彼には言い出せなかった。

突然、一つだけ言葉が浮かび上がってくる。

「私たちこれからどうするの」

「うん」

「私は絃とずっと一緒に生きていきたい。絃は私とずっと一緒にいたい？」

「うん」

「ずっとここに住むつもり？　それとも引っ越す？」

「引っ越さない、ここが僕の家だ」

「いまは私も住んでるから、紘と私の家だよ。でもいまだに、紘だけの家って雰囲気が続いているのは、私はちょっとさびしいかな。ほとんどの荷物を実家に置いたままで、自分の物が少なすぎるから、ずっと他人の家に住んでいる気分。まだ本格的に、二人の生活が始まっていない気がするし」

結婚という言葉を使わずに、言いたいことを言うのは難しい。付き合ってまだ一年も経たないうちに、とんとん拍子に同棲までいけたんだから、まだその単語は早すぎると分かってはいるんだけれど。

「僕になんとかできる問題じゃない。君は自分の力で君の居場所を見つけなきゃ」

「ここだよ。私、紘の隣のここに、自分の居場所を見つけたい」

「居るだけじゃだめだ、居るだけだからそんな風に思いつめる。常に何かして、一つのことについて深く考えすぎないようにした方がいい。なにか生きがいを見つけなきゃ」

「紘が生きがいだよ」

彼は少しも喜ばず目を見張り、怯んだ顔つきになった。

「それは間違ってるよ」

どこが間違っているの。泣いたり、なじったりしてしまいそうだ。期待していたものをもらえなかった子どものように振舞いたくないけれど、何度か繰り返してきたこの話題を深夜に始めると、私はいつも冷静さを失くしてしまう。正直にぶつかり合うことが愛を疲れさせ、分かり合うためによく話し合うほど相手の考えが分からなくなる。口を開こうとすると彼はパジャマ代わりの薄手のラグランTシャツを素早く着て、布団をかぶり反対側を向き寝る姿勢に入った。身体の内側で暴れ回る熱い塊をなんとか押さえ込み、私も布団に入り、おやすみなさいと呟くと、くぐもった声のおやすみなさいが返ってきた。

こんなにそばにいるのに存在を確かめたくて、やめておけ、うっとうしいぞと自分に言い聞かせるけれど結局負けて、手で紘の頭をなで、短い髪の繁みに指をうずめる。紘の体温に触れると心が落ちるところまでちゃんと落ちて窪みにはまって、ぐったりするほど安心する。危険なほどに。

ねえ紘。なにを考えているの？

なにを、考えているの。

彼女の手が頭からえり足にかけてなでる。道でしゃがんで寝ている知らない猫をなでる子どもの手のように、こちらの様子を見ながらこわごわ、不器用になでるので、首のあたりで指の先がつっかかり、眠れない。眠りたい。明日早いのに。でも頭をひねり手を避けるとまた何か言われそうなので、なで続けられるのをがまんする。この前は泣かれた。せっかく言い争いになりそうになったのを逃れたのに、これ以上刺激してまた始まるきっかけを作りたくない。児童館のバイトが昼から始まる彼女は朝早く起きる必要が無いから、深夜の口論をいつまで続けても平気だ。ひっぱられてはいけない。彼女は僕の態度がよそよそしいと感じると、理性をなくしてしまう。本当に簡単に、ときには喜々として、彼女は理性を手放す。

人と一緒に住むことがこんなに大変とは思わなかった。彼女は僕と混ざり合いたいと願う。付き合って恋人どうしになるというのはそういうことなんだろうと思い、なんとか合わせようとするが、つい不安になって手を離し、彼女を置いて一人で浮き上がってしまう。まっくらな海でおぼれ、息ができなくなり、暗やみに溶け込んでしまいそうで。薄目を開けて部屋を眺めると、開いたドアの向こうに電気が点けっぱなしの廊下が見えた。トイレから帰るときに消し忘れたのだろう。以前なら立って消しに行っていただろうが、今はまぶたさえ閉じればすぐに眠れそうだ。でもまだ頭をなでられながらは眠れそうにないな、さすがに。廊下からもれた明かりがドア横の棚に置いてある、僕のグアム土産のサンタのろうそくとその隣にある写真立てを照らしている。写真のなかの彼女は夏じゅう使っていた気に入りの、麻のレースの帽子をかぶり微笑んでいる。帽子からはウェーブした髪の房がこぼれている。オリーブ色のタンクトップを着た、つるりとした肩は、僕よりも少しだけ後ろにいる。どこに行ったときに撮ったのかは思い出せない。二人の格好から見て季節は夏。景色というより二人がメインで写っているせいで余計どこで撮ったか分かりにくい。確かに僕たちはよく撮れている、額縁に収められるのに似合う笑顔だ。なぜか気乗りしなくて、あまりちゃんと見たことが無かった。気づかないうちに僕の部屋に勝手に飾ってあったせいかもしれない。

サンタのろうそくは、頭から燃えるのを見て驚いた彼女が、顔が無くなっちゃうもったいない、と言ってすぐ火を消したきり一度も使っていない。サンタは全身がロウでできていて紙縒《こよ》りは頭のてっぺんについているから、顔から溶けるのは当たり前なのに、火を点けてから気づいた彼女がおもしろかった。でっぱっただらしない腹に緑と白のしましまの海水パンツを穿いたサンタは、サーフボードを抱えて親指を立てている。プレイボーイなのだろう、溶けかけた頭から焦げた紙縒りを生やして白ひげの奥でにやついている。

グアムでの真夏のクリスマスは空が真っ青で、僕の乗っているバスの隣を走る、窓を全開にした車のカーステレオからはマライア・キャリーの「恋人たちのクリスマス」が大音量で流れていた。僕にとっては懐かしい曲だったけれど、グアムの人々にとっては毎年聴きたい恒例のクリスマスソングなのだろう、ラジオ局ががんがん流しているせいで、どこに行っても耳にした。曲が流れると人々はレストランでもＡＢＣストアでも、日に焼けた大きな身体を揺すって踊り始めた。クリスマスのムードを出すためにアウトレットモールでは薄い雹《ひょう》みたいな偽ものの雪が天井から降ってきて、子どもたちが大喜びしていた。実際の雪を知っている人間から見ればまったく雪っぽくなく、冷たい灰のような切片で、もちろん結晶の形になっていなかったのだけれど。年中あたたかい国にいるから雪がめずらしかったのだ。僕が日焼けしているサンタがめずらしかったのと同じように。

ロタ。ロタ島のハンモックが恋しい。グアムに二泊した後、左右の翼についたプロペラが回るラジコンみたいにちゃちな小型飛行機に乗って、三十分もかからないうちにロタ島に着いた。空港の中継地として一度降りなければいけないから、グアムにも泊まったけれど、一番の目的はロタ島だった。疲れた身体のままたどり着き、そのままばったり倒れられる美しい浜辺を旅行誌で探していたら、ロタ島を見つけた。小さな村とこんもり生えた緑が群がる山々とヤシの木、そして海があるだけの島。安いコテージに泊まり車を借りて島をくまなく探検し、村の東側に最高の浜辺を見つけた。泊まっている間日中のほとんどの時間をそこで過ごした。生い茂った草木を掻き分けて抜け出ないと着けない、奥まった場所にあるせいか他の人がいるのを見たことがなくて、いつでも一人占めできた。

海に入ると水面は太陽にあたためられ、とろとろしていて、水深が浅いのに海底までは太陽の熱が行き届かず、くるぶしから下のあたりは海水本来の冷たさで、透けるような黄緑色をした海草が揺らめいていた。ときどき足のそばを、灰色の斑点をもつ透明の小魚が群れで通り過ぎていった。

海の野原をどこまでも歩いていき、世界が空と太陽と海と僕だけになったところで行き倒れたみたいに寝転ぶと身体は少しだけ浮き、耳は海にある洞窟みたいに波のリズムに合わせて穴の水位が上がったり下がったりした。力を完全に抜くと踵だけが海底につく。浜近くの底と土の質が違って砂ではなく、やわらかくあたたかい泥だ。波に圧《お》されるたびに踵が泥の海底を掘り、碇を下ろしたみたいに僕は同じ場所に停まり続ける。

太陽の照りがまぶしすぎる正午になると浜まで戻り、ゆるやかな坂になっている浜を横切って、着いたとき放り出した荷物を拾って浜と木立の狭間にある二本の木まで歩いていく。サンダルを履いていない足を伸びた芝生の草の強い感触が刺激する。

真昼のハンモックは木影をすっかり取り払われて、白い縄目で太陽をめいっぱい反射しながら、木と木の間の空間にぶらさがっていた。モールで買いグアムから持ってきて、くくりつけっぱなしにしておいたハンモックだったが、僕以外の誰かも使っているらしく、ハンモックの頭の下の地面には、煙草の吸殻が落ちていることもあった。朝早くの時間か夕方など、僕とかぶらない時間帯に来てはここでくつろいでいる人がいるみたいだった。ハンモックに上半身を乗せて、砂だらけの白い足に勢いをつけ、ほとんど転がりこむようにして縄目のなかに仰向けで寝転べば、見た目ほどの繊細さと軽やかさはなく、縄目は強く背中に当たり、ぎしぎしと鳴り、いつか木の縄がほどけてしまうのではないかと思わせる不安定さが、寝転がっている限り続く。虫を捕らえた食虫花のように縄の両側が段々すぼまってくる。

日本人にとったら徳用サイズ、アメリカ人にとったら標準サイズの大きな茶色い菓子袋を開け、塩粒のこびりついたプレッツェルを取り出して、ぽきぽき鳴らしながら食べつつ、ペットボトル入りの生ぬるくなった水を飲んだ。プレッツェルは香ばしいというより、焦げくさい煙草の煙の味がする。現地で買った雑誌を眺めたりするけれど、英字を読む気力なんか無くて写真のカットだけ眺めて二、三ページで飽きて下に落とす。水の抵抗を受けながら海のなかを歩いた足はだるくなっていて、足首を組み替えたりしながら目を閉じる。

ベッドのようにただ寝転がればいいわけじゃなく、安易に寝返りをうったりすると、段々重心がハンモックの真ん中に集まりすぎて縄の端が内へ内へと寄ってきて、肩がきゅうくつになるので、完全にリラックスせず、少し気を配りながら寝転がる。太陽が、両方の木が作る葉陰の、ちょうど真ん中の隙間に移動して、日光を真上から直接浴びた。太陽の光には重さがあることを知った。太陽の光は空から柱のようにまっすぐ僕の身体に向かって降りてきて、腕で腹でひざ小僧でじりじりする熱い重みを受け止めたら、動けなくなった。帽子のひさしによって閉じた目だけは守ることができたが、顔の下半分は光をまともに受け唇の水分は乾ききり皮はめくれた。けれど、太陽が腹の上に乗っかっているせいで去りたくても去れなかった。重さのせいで僕の背中はハンモックをずり下がり、ますますくの字にへこんでくる。ときおり吹く風だけが光の柱を揺るがせ日光の重さをあやふやにした。日光の重さに敷かれたまま、僕は眠ってしまうんだろうか。顔の半分だけ徐々に日焼けしながら……？

ロタではソンソン村のなかにある上等とはいえないコテージの同じ一室を一週間借り続けて、毎日朝早くに起き、引き出しに聖書が入っている机に向かって、日本から持ってきた仕事を片付けた。机は部屋の片隅にあり、部屋の明かりがベッド横のルームスタンドしか無いから、曇りの朝は手元がうす暗くて見えにくかった。開け放した窓からは木とコテージのまえの小道と、朝にはいつも同じ時間に小道を通る薄い青色の制服を着た清掃員が見えた。朝日が昇るまえに、小道の脇の床がサーモンピンクのテラスで、宿泊客のダイバーたちがコーヒーを飲みながら船の来るのを待っているときもあった。日本人のダイバーもよく混じっていた。若い人も中年の人も、日焼けして明るくてお金と暇がありそうな人たちばかり、夜明けのうちから仲間同士でしゃべりたてていた。

水着を服のなかに着て、海に入ったあとハンモックに寝転がり、夕方過ぎになるとコテージに戻り、レンタカーを走らせて村の料理屋に入って夕食を取った。夜になると懐中電灯を持って星空を見に行ったけれど、空よりも波の音の激しい真っ暗な海に意識が集中してしまい、うまくリラックスできなかった。一週間しかいられなかったけど、自分を取り戻せたと確信できた日々だった。自分の輪郭がはっきりと浮き上がり、日焼けした肌が僕はここにいると主張した。

入社して一年は取引先に営業をするのにも、自社製品の使用方法さえ分からず、毎日開発企画書を必死で読み、説明方法の暗記ばかりする日々だった。それでも帰宅後の時間を使っていち早く覚えこみ、同期より一足早く今年から一人で外回りさせてもらえるようになって、ビギナーズラックと言われながらもいくつかの商談を成功させてきたのに、一週間前にひどいミスをしてしまった。ミスに気づいたのは、というより気づかされたのは昨日だったが。

複数の取引先に定型文で依頼メールを送っていたのが、誤送により上司にばれてしまった。打ち合わせのときに取引先の部長が〝このまえ田畑くんからタナカ医療さん宛のメールが来ましたよ〟と余計なことを上司に言い、呼び出されてチームのみんなの前で大声で叱責された。宛名を間違えて、取引先にライバルの同業他社にも同時に交渉していたのを知られてしまったことも、手抜きで同じ定型文をどの会社にも使い回していたことも、取引先に言われるまで自分のミスに気づかなかったことも、営業マン失格だとののしられ、全部怒鳴られて当然の事柄ばかりだったから、ただただ謝り通しだった。

反省して気持ちを入れ替えて今まで通り励もうとも思ったが、くやしさが消えなくて、まるでやる気が出ない。みんなの前で叱るなんて、上司なのに部下である僕に対して配慮がない。正直辞めたい。また新しい職場ですべてをやり直し、自分に自信を持ちたい。しかし辞めて次の仕事が見つからない、もしくは今の職場よりランクの下がる職場しか見つからなかった場合、自信回復どころか、さらに落ち込むだろう。時間をかければきっと自分に見合った仕事を見つけられるだろうが、悠長にできる余裕はない。となると現状維持か。仕方ない、前向きに考えよう。

軽い失敗は脳の仕様だと前に父親が教えてくれたことがあった。脳みそは息抜きがわりにつまらないことを忘れたりしでかしたりするらしい。つまり故意に軽いバグを起こして息抜きしているのだ。自滅しないよう調整して運営しているなんて、優秀じゃないか。だからちょっと間違えたぐらいで落ち込む必要はない。

なぜ不安や不満は解消されないまま着実に増えるのだろう。すぐ隣で眠る彼女は、いつも紘を見てるよ、と言う。見ているなら気づいてほしいことが、実はたくさんある。ちょっとにぶいんだろうな。情けないから口に出しては言えないが、いろんな面で支えてほしいのに。

一日に何度も手を洗っていると、そのうち手をキレイにしているというよりも、手を良い匂いにしているだけなんじゃないかと思えてくる。洗いすぎて潤いがなくなった皺の寄る指先を見ていると、本当にキレイな手は、汚れていない手ではなく、汚れたことの無い手かもしれない。と思えてくる。

昔好きだったバンドの曲が、朝、出張先のホテルのラジオから流れてきて、おっまだ活躍してたのか、すごいなあと思い仕度する手を止めて聴いたが、サビまで聴いても心の波長と合わなくて、間奏で退屈になった。熱中して聴いた昔の曲とメロディがすごく似ていて、いかにも同じ人が作ったって感じだけれどどこか少し違っていて、盛り上がらなくて、でも彼らの音楽のどこが変わったのかうまく説明できない。彼ら自身も分からないのかもしれない。もしくは彼らは同じ音楽をやり続けているのに僕が変わっただけで、彼らの音楽に昔の僕みたいに夢中になっている若い人たちがたくさんいるのかもしれない。でも彼らの売り上げが落ちていることは確かだ。

時間もあんまり無いし、と仕度を再開してカッターシャツを羽織り、ネクタイを締める。ベッドに座って革靴の紐を結び終わっても最後まで聴き続けた。途中で局を変えてしまうのは薄情だし裏切りのような気がしたからだ。彼らと同じように、僕だっていつまでも同じところにとどまっていられない。僕も彼らも成長しているのかその反対なのか分からなくても、歩き続けるしかない。

飲んでいるとき、かんたんに場の雰囲気を変える奴は、好きにはなれない。自分の感情のままに憤ったり落ちこんだりする子どもっぽい奴がいると、無視できればいいのに、ついそいつの顔色をうかがい、何を言うにも慎重になってしまう。飲んでるときに、だれかに特別気を遣いたくないのに。

男女寄り集まって酒飲みながらこれから結婚するかどうか冗談ぽく話しているときに、深刻な表情で、私はトラウマがあるから結婚できそうにない、とか言い出す奴。その一言で野外をわいわい探検していたジャングルクルーズが、あやしげな洞窟に突入する。注目は言い出したそいつに集まる。親が愛人を作ったりひどい虐待受けてたりかと思ったら、父親と母親のあいだに会話が無かったことや、けんかのときのひどい言い争いをはたで聞いていたのがトラウマだ、なんて言い出すんだ。自分の受けた傷だけしっかり覚えていて、年寄りになった両親をいまでも恨んでる。気持ちは分かるけど、みんなで飲んでいる時に言わなくてもいいだろ。いや気持ちなんか分からない。僕たちと同じ歳でもう親になっている奴だっているのにさ。

期待を裏切らずに、本当にしゃれにならない話を始める奴もいる。みんな興味もあって熱心に聞くし、僕も聞いてしまうけれど、なんていうか、傷つけられた、というスタンスから始まる話はどうしてもいらいらする。甘えてるんじゃない、と一昔前の親父みたいに、怒鳴りつけたくなる。

なで続ける手　眠たくてもったりとした意識がちょうど彼女の指先に引っかかったま
ま、落ちるべきところに落ちてくれない　身体の方が先に落ちそうで、意識が肉体を支
配しきれなくなってきて、金しばり状態になるのが嫌だから寝返りをうつ　手は追いか
けてくる　かんべんしてほしい、肘をまっすぐ伸ばしたい　ベッドを完全に　手に入れ
たい　一人で　ねむりたい

はと　ぼくに似たはと　家にすみついて　つついてきてばたついて　はねをちらかす
はとをどけてと父さんに言ったら　父さんはぼくのかおのまわりにはとをはなし、はと
はくちばしでぼくをつっつき、父さんはじょうだんのつもりだが、ぼくはいやすぎて大
きな声がでず、やめて、やめてとささやく　はとのくちばしはとがっていて　いたくは
ないけれど　すばやくつっつく　手でかばっても指のすきまから　首とかほっぺた　セ
ーターのあみめの間からも　母さんも止めようとしてくれるが、つっつきはいつまでた
っても

びくりとして起き、眠りのために上がっていた体温が急に冷える。布団の感触や外気

の匂いが五感に、さっきまでのは嘘だ、これがリアルだと教えてくれる。薄く目を開くと世界は元通りで布団のなかで寝返りをして安心した。どんな夢を見ていたんだっけ。完全に現実だと思っていた夢の世界が急速に遠のいていき、ついさっきまでそのなかにいたのに、どんなだったかもうよく思い出せない。

もう一度寝返りをうち、眠っていたときと同じ格好になると、枕に染みついていた夢の香りを嗅いだかのように、夢の記憶がよみがえった。よくあることだ。朝起きたときに見たことさえ忘れてしまっていた夢も、夜眠るときに同じ格好になった途端思い出したりする。父親に鳩をけしかけられた夢だった。学習机のまえで、椅子に座らされて。

あ、明日会議何時からだっけ。後でメール送るって聞いてたけれど、結局九時始まりに変わったのかな。だとすればさっき携帯のアラームを七時に設定したけれど、あと三十分早めた方がいいかもしれない。メールを見に行こうと目を開いたけれど、すぐに諦めた。身体が疲れているし週が始まったばかりでいま風邪を引けないし、よく眠った方が良い。会議の時間を終業までに決めなかった尾野さんに非があるからもし時間変更があったら遅刻していこう。

やっぱり調べておこう。朝の三十分は他のどの時間帯の三十分より貴重だ。布団から出ると、暖かくなっていた身体が一気にさめて、裸足で歩く床の上が冷たい。会社のにおいのする鞄の外ポケットから、携帯電話を取り出してスケジュールを調べる。まぶたの裏の闇に慣れていた目が充電満たんの携帯の、むかつくほど元気な光を放つ画面にやられて、目だけでなく頭の芯まで痛くなった。アラームを六時半にセットし直して、ベルの小さなマークが日付の横に出ているのを確認してから携帯を閉じる。慣れているから気付かないけれど、僕たちは信じられないほど小さい画面の小さい文字や記号を、毎日見つめている。極小のくせに僕の生活を握っている文字たちはベッドにもぐりこみ目を閉じても、まぶたの裏に残っている。

隣の彼女がまだ寝ついていないのが、呼吸で分かる。何を考えているのだろう。小さくとがった肩が、いまでは反対側に向いている。

アラームが鳴るまであと六時間、六時間もの自由な時間をもっと味わいたいのに、眠りが僕の自由を邪魔する。もし自由な時間に好きなことができるとすれば……眠りたい。

こんなに近くにいるのに、近くにいる気がしないのは、きっと欲しがりすぎているせいなんだろう。

愛されたい、包まれたい、すきまなく、埋めてほしい。私はほとんど身体ごとあなたにめり込んでいる。

いきなり紘がベッドからはい出たから、びっくりして声が出なかった。もう眠ったと思っていたのに。上掛けがめくれ上がり私の左脚はむき出しになり、二人分の熱が布団の内側から出て行く。紘は鞄をさぐり、携帯を手に取って操作した後、何も言わずにまたベッドにもぐりこんで反対側を向いた。紘が起きる前とまったく同じ格好になっても、私の心臓はまだどきどきしていた。どうしたのと聞きたいけれどいま会話をしたら紘の眠気を殺《そ》いでしまう。

あれ、そういえば紘が起き出す前は何を考えていたんだっけ。大切なことを考えていて考えすぎて、しわの寄った眉間の凝っている感触だけが残っている。

あることをいっしんに考えていたのに、ふっと別の物事に気を取られた瞬間、何を考えていたのか忘れてしまうことはよくあって、なんだまた直前の記憶に空白ができたか、っていうおなじみの感覚だ。

お皿洗いをしているときなんかに起きやすく、洗った大きな鍋をどこにおいて乾かそうかと迷ったとたん、ついさっきまで洗いながら考えていたことが、シャボンの泡が音もなく割れたみたいに、どうしても思い出せなくなる。人と話しているときに忘れてしまったら、相手に「えーと私何を話してたっけ」と聞けばいいけれど、一人で黙って考えていたときなんかは自分で思い出すほかない。お皿を泡だらけにしながら一生懸命記憶をたぐり寄せていると、考えていた物事より先に、考えていたときの気分の方がよみがえってきて、おもしろい。ちょっと楽しい気分で考えていたなとか、めんどくさいような沈んだ気分で考えていたな、とか。やらなきゃいけないことを考えていて、皿洗いが終わったら紙に書いておこうと思ったのに忘れてしまって、今思い出せなきゃ後に大きな失敗しちゃいそうだな、だとか。

結局何を考えていたかを思い出せず消化不良になる場合もあるけれど、多くの場合、また皿を洗い始めると、奇跡みたいにぱっと思い出せる。考えているときは自分がどんな気分かまでは分かっていないから、先に気分を思い出したことによって「私はこのことについて考えているときこんな気分でいたんだ」と気付くこともできるから得だ。

いま記憶より先に甦ってきたのは、身体を冷たい瓶のなかに塩漬けにされたような悲しい気持ち。

そう紘の今夜の一言について考えていたんだった。

紘が生きがいだと言ったら、間違っていると言われた。もし私が紘から言われたら、一生忘れたくないような言葉なのに。言われるまえから気づいていたところもあった。全てを見せて依存するよりも、離れて自立して、もう一度知らない女に戻った方が良いのだろうと思ったことがあった。でも恐い。生活の幸福な部分が丸ごと取り除かれるのが。私の幸せは紘と一緒にいることなのだから。

同棲は結婚に続いていないみたいだ。一緒に生活して、お互いの素顔を見せることで家族同然になり、その安らぎをもっと本格的にしたくて結婚するものだと思っていたけれど、家族同然になったからといって、家族になれるわけではないのだ。

でもそれが分かったからといって、じゃあこれからどうすれば、すぐ隣で寝息をたてている紘とこれ以上距離が縮められるというのだろう。

紘が寝返りをうつ。暗闇に目は慣れていたけれど、紘の顔ははっきりとは見えず、彼が目をつむっていることしか分からない。長く見つめていれば徐々に見えてきそうだったけれど、視線で彼を起こしてしまわないように、すぐに目をそらした。紘は視線が自分の皮膚に当たる事に敏感で、目をつむっていても私が見ていると勘付き、目をつむったまままちょっと顔を歪めてから視線を避けるように反対側を向き身体を丸く縮こまらせてしまう。

紘に背を向けられると月の裏側にいるみたいに冷える。いっしょに住み始めてまだ一か月も経たないころ、休みが取れたし冬で航空券が安い時期だから海外に出かけてくると突然宣言した紘は、本当に一人で行ってしまった。誘われなかった私は初め信じられなかったけれど、旅行の用意をしている紘が本気だと知ると、紘の隣にしゃがみこんでクリスマスイヴまでには絶対に戻ってきてと何度も繰り返した。必要なものだけきちんとスーツケースに詰める彼をながめながら途方に暮れて、手伝いを必要としないほど手際の良い旅支度をする彼が悲しかった。

そしてクリスマスイヴの夕方、空港から紘は急いで帰宅し、時計を見たあとに、セーフ、と安堵の表情になった。紘のなかでは私は休暇ではなく義務の一部に入っているのだ。それは私が、というよりどちらかというと、紘が不幸だ。

私の目は天井の辺りをさまよった。ずっと昔、子どものころは、暗闇を見つめていると、人の顔が浮かび上がってきそうな気がして、電気の消えた部屋で気軽に目を開けることはできなかった。隣で寝ていた母の顔も、じっと見ていると表面があぶられたマシュマロみたいにじんわりと変化してきて死に顔に変わっていく気がして、見ていられなかった。固く目をつぶり、コンビニエンスストアの隅々まで明かりの行き届いた店内を思い浮かべていた。店員は立ちつくし、あくびしながらも起きている。昼と変わらない平和な世界にいる店員だけが、夜の私の仲間だった。

なんて傷つきやすい襞《ひだ》だろう　みんな何をしているんだろう　この孤独の海を　どうやって泳いでいるんだろう　遊びすぎて炒めすぎて日々の油が焦げついてきた　倦怠は焦げついた油　慣れれば慣れるほど歪む　川の中で魚がいくら身をよじっても川の流れる方向までは変えることはできない

本当はもう、どうでもいい。本当にもう、どうでもいい。

心のふちが乾いていく。ふちの薄い皮はめくれあがってきて、まんなかのジェル状のたまりだけが、まだなんとか透明な水色を保ってかさぶたとくっついているけれど、もう少ししたら真ん中の部分もすっかり乾いて、たまりがあったことさえ忘れてしまうのかもしれない。

一人暮らしのころの、夜の寄せ集めの記憶が、急に気温の下がる夜明け前の肌寒さと共に身体に染みこんでいる。どの夜もいつも本当に似ていた。布団に入っても眠れず、ゆっくりとした速度でしか時間の流れない真夜中を越し、疲れた身体と将来の不安ばかり考えているせいで冴えてきた頭を抱えて、錆《さ》びた釘で打ちつけてある腐った木板を無理やり剥がすようにして夜明けを迎えたとき、冷たい床に直接敷いた布団に横たわっている私の目の前には、ほの白く湿った布団のやわらかい角と、油汚れのこびりついた電子レンジだけがあった。１Ｋの部屋は狭くて散らかっているのに、がらんとしていて、フローリングには綿ぼこりが浮いていた。私の部屋に遊びに来たときに、キッチンではなく部屋に電子レンジが置いてあるのを見て女友達は笑った。私はなぜ笑われたのか分からなくて、レトルト食品を食べることが多いから、すぐ取り出せるように部屋に置いてあるんでしょうと指摘され、笑われた理由も分かったし、事実その通りだった。キッチンが狭いせいで、部屋に置くしかなかった電子レンジだけれど、私の生活習慣が透けて見えるのだと分かると恥ずかしかった。レンジの扉は半分ほど開いていて、中からは夜に温めた冷凍のたこ焼きの匂いがかすかにした。

手袋がレールに挟まっているせいで扉が開いたままのクローゼットには、色とりどりの服がハンガーにかかり、鉄の太いポールが、お前も服と一緒にぶら下がってみないかと誘ってくる。

人と関わり合うことがわずらわしくて、人を避け、すすんで部屋にこもっていたけれど、ここまで孤独になりたかったわけじゃない。

一人暮らしを始めたころは一日を好きなように使えることが嬉しくて、家に帰ってから誰かと会話する必要が無いのがラクで、昼夜反対の生活をして好きな時間に寝て起きた。おかげで大学へ行く時間は減り、朝早い授業は欠席ばかり、単位が取れるぎりぎりの出席日数だけを確保した。

自由をむさぼった結果、ただ一つ望むのはこの荒れた部屋から逃げ出すこと。自由を楽しめないなんて、とても価値のあるプレゼントを贈ってもらったのに、自分の力量のなさで使いこなせなかったような、情けない気分だけが残る。

部屋の壁の目立つところには、家具を動かしたときに壁紙を剝がしてしまった傷が手のひら一枚分広がっている。傷を見る度、とてもとても後悔する。敷金が返ってこないことも部屋の見栄えが悪くなったこともちろん嫌だったけれど、一番嫌なのは不注意が原因で身近なものを破壊してしまう子どもみたいな自分だった。少し汚れていたほうが、少し壊れていたほうが自分の物って感じがして愛着がわく、などと思っていられたのは昔のことだ。私の手は触れるだけで大切なものを変質させてしまう。鞄に紙類を入れたら、出す頃には、どれだけ丁寧に入れたとしてもどんなに短時間しか入れていなくても、くしゃくしゃになっている。二十歳ごろまでは大人になりたくない、子どもの特権を手放したくないとがんばっていたけれど、最近は自分のだらしない部分に付き合いきれなくなってきた。壁際にある机の下では、電気スタンドとパソコンと携帯の充電器のコードが焼きそばみたいにからまっている。鋲《びょう》が外れて壁から落ちたままのポスターが、机の下の暗がりで頭を垂れている。初めて住処を手にした喜びで工夫をこらした壁や棚の飾りつけは、今は終わったパーティーの名残りのような存在で粘着力の弱まった両面テープが端にぶら下がり、掃除の邪魔をしている。

開いたドアの向こうには、廊下が続いている。余計な物が一つもない廊下だけは清潔そうに見え、壁は暖かい色の明かりのせいで、うすく焼き色のついたバターみたいな色をしている。実際に在る風景なのに、荒涼とした部屋から見ると絵画のようだった。廊下の曲がり角の奥には私が知らない部屋、ベッドが二つ並べてある寝心地の良い静かな寝室が続いているかのように思えた。実際にはトイレがあるだけだったが、廊下の奥には別のひとの部屋がつながっていると想像することで、だいぶ慰められた。

眠りに落ちるほんの一瞬だけ、孤独も明日への倦怠もすべて忘れて、身体がスッと軽くなって、布団の感触が気持ち良い、眠れるだけで幸せと思える瞬間がくる。手足がぽかぽか暖まり、許された、解放されたと思える伸びやかなあの瞬間が訪れるのを、布団を顎まで掻き寄せて待つ。今日私がしたことは、夕方ごろに起きて一度も外に出ず、何もしていないのに疲れている身体を動かせなくなって真夜中に布団に入り、眠くなるのを待っただけ。

朝陽が昇りカーテンの隙間から部屋に向かって一筋の光が射したとき、私は自分が洞窟の突き当たりにある、ぬれた手触りのコンクリートの壁にタッチし、あとは来た道を戻るしかないことに気がついた。来た道を戻る、全力で戻ろうと決心した。

音《ね》を上げてからも同じ夜は何度もやってきたけれど、あのとき決心したからこそ、私はあの部屋を抜け出すことができたし、絃にも出会うことができたのだ。

一人暮らしのころの思い出は好きじゃないけれど、現在の幸福を再確認するために、絃と住むようになってからも何度か思い出してきた。しかし〝抜け出してきた〟という感覚も、今夜は私を幸福にしない。絃の言葉が、頭から離れない。絃を、絃との生活をトンネルの先の光だと確信したことは、間違っていたのだろうか。絃の私に対する熱っぽさは一緒に住む前よりもだいぶ減っているのは確かだ。

紘と出会うまえは、自分にはなにかに夢中になれる素質があると分かっていたのに情熱を注げるものを見つけられなくて、心の大部分はからっぽだった。紘を見つけて全て満たされた、と思っていたけれど、本当は二人の間にあるものは空白のままで、自由だけ減ったのだろうか。

いじわるされると、死にそうになるよ　だから試さないで　二人で　いて

飽きたり飽きられたりすることにおびえるなんて、贅沢すぎるね。冷めた愛情というのは、まだ腐っているわけではないのに、それほどにまずい食べ物なのだろうか。ごみ箱にすぐ捨てちゃってもいいくらいに？

背を向けて眠ったあなたを暗闇のなか眺め続けて
あなたに内蔵されたい
あなたの身体大きいから私を十分まるめこめる
いつも一緒　暖かい内側　直に響くあなたの声　あなたに守られて
同じ物を見、同じ気分でい続ける

それが無理なら　私が死んだら　骨のかけらをあなたの身体に収めてほしい
いつもつないでいた左手の薬指の骨　そしたらあなたに内蔵されて
カルシウムになれる
私あなたのカルシウムになりたい

なんて、ちょっとこわいかな。私の愛情は利己的だよね。注《そそ》げば注ぐほど、うっとうしいだろう。内面だけではなく顔もこわくなってきてる。紘を見つめてうっとりしているときの私の目は据わっている。泥酔した人の充血した目が据わっているのと同じように。とてもじゃないけれど、漫画みたいなハート型の目にはならない。気づいたのは偶然鏡に自分の顔が映っているのを見つけたつい最近で、それまではずっと据わった目であなたのことを見つめ続けていたことになる。

あなたにしがみついている間に色んなものが私にぶつかってきて私の容貌を変えた。そして、あなたは泣き虫なゾンビに強い力で足首を摑まれたまま、足を引きずりながら歩いている。しがみつき続けるだけでもけっこう大変だから、しがみつくことが正しいかどうかなんていう根本的な問題を、考えてみるだけの余裕が今まで無かった。あまり深くは追求したくはなかったけれど、でもやはり私はどこかでなにかを間違ったまま置き去りにしている。

やっと自分専用の水飲み場を見つけて、飲んだ水が指の先の細胞まで行き渡ってもまだ、涙となって外に流れ出てもまだ、顎を上向けたまま蛇口の下を離れずにいた。飲みこぼした分が内股で座っている脚を濡らしても、周りが呆れて誰もいなくなっても、身体が冷たくなってもまだ動かない。まだまだ飲みたりないのに水は枯れてきて細くなり、一滴でも逃がさないように舌をつき出している。

私たちは同じものを食べ、同じ寝床にもぐりこみながら、将来住みたい場所さえ違うんだから、今私たちがこの部屋にそろっていることは、ほとんど偶然みたい。
いつか人生が分かれてしまう　無理に束ねていた二つの茎が　それぞれの太陽に向かって育ち始めてしまう
だましだましでもいいから　できるだけ長い時間を　いっしょに生きたかった
ゆったりと愛せたことはあったか。あなたを安心させたことはあったか。
でも愛してるという言葉はいまはそんなに重要じゃなくて、いま大切なのはあなたのために何ができるかということね。

紘が完全に眠ってしまったので、寄り添っていた身体をそろそろと離した。紘が眠る瞬間は、呼吸が深くなり身体中から力が抜けて布団に深くしずみ込むのですぐ分かる。紘から眠りという居場所を奪ってはいけないと感じる、神聖な重みだ。

私にとって、夜は夜として独立していて、一日一日の夜を楽しく過ごしたい思いばかりが目の前にあるけれど、紘は毎日朝早くから働いているから夜のなかに潜《ひそ》む明日の朝の気配を、午後十一時半ぐらいからもう感じとっている。明日の体力のゲージを貯めるために彼は眠る。

明日のために眠る紘と今日を終わらせるために眠る私が、ベッドを共有し、眠りを伝《う》染《つ》しあう。二人いっしょに小さなボートに乗って底の見えない苔で濁った湖を進む。たがいに別々の夢を見ていたとしても、同じボートに乗っているから、手を伸ばせば手がある。

まあ眠っているときに手なんかつなげたことがないけれど。肌に触れたらお互いびくっとして目が覚めてしまうから、掛け布団の許す限り、ベッドのはじとはじで眠っている。紘は私からできるだけ離れたところを確保する。もうすでにベッドの隅の方で、彼の上掛けの一巻きは始まっている。寒いときも暑いときも彼は上掛けをかぶるのではなく、眠りながら身体に巻きつけていく寝癖がある。夜明けに目覚めたら何もかぶっていなかったときが何度かあり、もともとは彼の布団なんだし文句言いにくいよなと寝ぼけた頭で大きめのバスタオルを簞笥《たんす》から引っ張り出していると、意味は違うのに〝素泊まり〟という言葉が思い浮かんだ。今では上掛けを引っ張られたら、眠りながらでも引っ張り返すことができるようになった。紘は上掛けをだんごに巻きつけていくのではなく、眠りながらよくこんなに器用にできるなと感心するほど、逆円錐状に身体に沿って巻きつけていくので、足の方が先細りで腕も肩も隙間なく包まれている。彼の後ろ耳、エジプトのミイラみたいに布の巻きついた身体のなだらかな曲線、本当にかすかな寝息。

今日はかいていないけれど、最近疲れがたまっているのか、以前は無かったいびきをかく。このごろいびきをかくねと告げると彼は〝はっ〟と深刻な顔をして、おかしいな、死んだように静かに眠るねって昔から言われてきたのにどうしたんだろう、歳かな、それともなにかの病気かな、いびきかいてるなんて嫌だから、かき始めたらすぐ起こしてね、と言っていたが、私はいびきをかいているぐらいの方が彼が生きていることが分かって嬉しいので放っておく。彼のいびきは、多分彼が思っているよりもずっと小さく、のんきな響きだ。彼に死んだように眠るねと言った人は、この響きを知らない。窓越しの川の音もいびきの音も質が似ていて、重なり合って、鼓膜を気持ちよく震わせる。単純なメロディの気持ちが部屋いっぱいにあふれている。今日もいっしょにいられて本当に幸せ。高尚な気持ちじゃないって分かっているけれど、白い無機質な壁に囲まれた四角い部屋の景色がゆがみ、体温の熱が空気に溶けていくのを、普通の夜だとは呼びたくなくて、分かち合いたくて、あなたも同じ気持ちであってくれればいいのにと願うけれど、このままの状態で日々が流れていけば、そんな瞬間は多分永遠に訪れない。

私はベッドから音を立てずに抜け出しリビングのドアを開け電気を点けずに洗面所へ向かった。紘が起きている間はできなかった自分のことを、寝るまえに済ませなくちゃならない。グロスを拭い顔を洗い化粧水と乳液をぬり、ピンで結っていた髪をほぐす。シンクの上に置きっぱなしにしていたヘヤピンが目に入り、嫌な予感がしながらピンを持ち上げると、白いシンクには錆びたピンの跡が、まるでまだピンが置いてあるかのように残っていた。また、やってしまった。錆びは目立つし洗ってもこすっても茶色い跡が残ったりするのに、髪から抜いた途端、無意識にシンクに置くくせが抜けない。自分の家ならいいけれど、ここは紘の家だ。除光液で落ちるだろうか。指の腹で熱心にこすったらほとんど取れてしまって安心した。錆びのついた指先を石鹼で洗ったあと、洗面所の鏡台のライトを消した。

洗面所の高いところにある小さな曇りガラスの窓の向こうから雨の音が聞こえる。雲で満たされた、不思議な明るさの夜空を思い出した。雲が湿気の重みに耐え切れなくなって雨を落とし始めたのだろう。

この部屋を出て行こう。一人暮らしの自分の部屋に戻ろう。薬局で段ボール箱をもらってきて、荷造りをしよう。荷物は少ないし、すでに簞笥の一か所にまとまっているからすぐ終わる。彼のそばからいなくなるのだ。一緒に住んでいるうちに私を忘れてしまった彼に、私を思い出させるために。そして私が、ちゃんと私自身を頼りにして生きていけるようになるために。

部屋は肌寒い、身体をできる限り温めないと眠れない。やかんでお湯をわかすと蒸気が立ちのぼってきて、鼻をしめらせた。沸騰したら紅茶茶碗に注いで、カモミールのティーバッグを溶かす。冷蔵庫を開けてしょうがを取り出し、切り株みたいなしょうがの皮をむき、すり器ですって、砂糖といっしょにカモミールのお茶に混ぜた。暗い廊下を眺めながらお茶がさめるのを待って飲んだ。清涼すぎないハーブと眠りを誘う甘い香りのなかに、舌のしびれる確かな存在を感じる。しょうがの味は熱い。

物音を立てずにベッドにすべり込む。紘の隣では眠れない夜をまだ経験したことがない。一人、孤独を転がしていた夜とは比べられないほどにすぐ、眠気が身体に溶けていく。どれほど朝遅くまで寝ていても、どれほど神経がたかぶっていても、生活が狂っていても、紘の隣にもぐりこめば、目を閉じて深い呼吸を繰り返している彼の身体に、自分の身体が自然に倣う。紘が眠ってしまったこの世界にはもう何の用もないことを、身体が知っているせいだ。

「奈世《なよ》」

夢からの声だと思い、ぼうっとしたまま目を開けたら、私の肩に頭を寄せてきた紘の、現実の声だった、

「家賃、はらって」

「え？」

「家賃、半分はらって。ここにずっと、いっしょに住むんだろ」

「うん」

一瞬ぽかんとしたあと、笑いがこみ上げてくる。そんなことを気にしていたなんて。一緒に住めるなら、お金なんてどうってことない、ちゃんと払う。

ここにずっと、いっしょに住むんだろ。耳に残った紘の言葉が、しょうがよりなにより私を暖める。ようやく眠気がおそってきた。彼の頭に頭を乗せて、二人、よりくっついて眠る。別々のことを考えていたとしても、心は落ちつくべき場所に落ちつき、あとは眠りに心地よく引っぱられてゆく。

自然に、とてもスムーズに

かな、ゆうり、あいか、みえか、たまき、りえ、さよ。

1

自分がだれだかも忘れてしまうとき、本当の名前がどんなだったかなんて、もうどうでもいいのです。私の名前はずいぶん昔に私から切り離されたまま、いまは遠い波間に消えてしまいました。私はそれを、目を細めてながめているだけ。

私が引き寄せられるのはただ一つの名前のみ。鼻を近づければ少しこげくさい、かわいた落ち葉のにおいさえ嗅ぎとれそうな彼の名前。

田畑紘

書いたとたん、漢字ひとつひとつが紙から浮かび上がってきて、押さえつけようとした私の指の腹に逆向きに転写されるのです。名前を失った私は彼の名前に乗りうつり、すっかり彼と同化してしまいました。彼が笑えば私も楽しいし、逆に彼が無表情で不機嫌そうなら、私も泣き出さんばかりに青ざめる。操縦主を失くし、ぬけがらとなった私の身体は弱り、ついに身体がまったく動かなくなったとき、ようやく私は、いくら人を心の底から好きになったからといって、自分が自分を見捨ててその人にばかりかまけていたら、命さえ危うくなると悟るのです。

小林奈世

婚姻届の妻の欄にそう書いたとき、私はひさびさに自分の名前を取りもどした気がしてうれしかった。そう、これが私の名前。生まれたときに親がつけてくれた、二十六年間愛用してきた名前。と同時にものたりない気もしました。完全体になるには、どこか、なにかが足りない。

結婚したあと夫と妻、どちらの姓を名乗るかを決める欄で、夫のほうのボックスにチェックを書き込んだあと、近くにあった文庫本の中表紙の余白に書きました。

田畑奈世

これこそ完璧な名前でした。一度は見捨てたけれどまた舞いもどってきた私の身体にふさわしい、新しい名前。右側の妻の欄は埋まったものの、夫にあたる人の欄が、田畑紘という名前以外まだなにもかも空白な婚姻届は不完全でしたが、私は確信していました。このために私は自分を失くしてきたのだと。このために紘を愛したのだと。

婚姻届を区役所へ取りに行こうと決心したのは、ひとりきりの昼ごはんを食べ終えて、お皿を洗っているときでした。ゴム手袋ごしにつめたい水を感じながら、ふちが少し欠のなかで、つらつらと思考だけが勝手に流れていきます。

学生のころ、一か月だけアメリカでホームステイをしたことがあります。インドから移民してきたインド系アメリカ人の家族にお世話になったのですが、彼らの家のキッチンにはりっぱな自動食器洗い機が備えつけられていました。シンクの下の引き出しを開けると、奥行きの深い小型冷蔵庫くらいのサイズの機械に、汚れた皿をいつでも何枚でも差し込めました。

アメリカならほとんどの家庭にもあるそれを、ホストマザーは当たり前に使いこなしていました。一日分のよごれた食器を簡単にすすいで、冷蔵庫ほども奥行きのある食器洗い機に手早くならべて、がちゃんと蓋を閉めれば終わり。夜中にトイレで起きたとき隣を横切ると、食器洗い機はひかえめな機械音のうなりを立てながら、静まりかえったキッチンで皿を洗っていました。

対して日本では、食器洗い機はまだどこの家庭でも見かけるというほどには普及していません。高価だから、台所に置くスペースがないから、取り付けに工事が必要だからなどが普及しない原因と言われていますが、はたしてそうでしょうか。新しい家電製品が大好きで、どんな製品でも日本向けにコンパクトに作り変えるのが得意な日本のメーカーが、これくらいのささいな問題点のために食器洗い機を売るのをあきらめるでしょうか。きっとコンパクトで工事の要らない食器洗い機は、普及していないだけで、もう開発されたはずです。でも消費者である日本人が見て見ぬふりをしているのです。機械化の発達した現代でも、日本の人々はかたくなに、食器洗い機や乾燥機のたぐいをぜいたく品と見なしています。

食器洗い機と乾燥機が普及しない背景には〝皿くらい洗えよ〟と〝洗濯物くらい干せよ〟という日本人特有の意識があります。電化製品が発達してきたからといって、すべての過程を機械任せにするのは怠惰だという意識です。高価で買えない、電気代がかかるという以前に、家事を完全にさぼりきることへの漠然とした恐怖と、これくらいはやらないとという責任感にも似た思いがあるのです。

また日本では一度使ってもまた洗えば使えるふきんが、どの家庭でも使われています。しかしホストファミリーの母親はテーブルのよごれを毎回ペーパータオルでぬぐって、くずかごへ捨てていました。日本だと子どものお誕生日パーティーでしか見かけないような紙皿やプラスチックのフォークなども、普段の日にどんどん使い、捨てていました。

台所回りに関しては日本人がエコに熱心でアメリカ人がむとんちゃく、とは一概に言えません。たしかにふきんを使ったほうが、紙をむだにしなくて済む、でもそれは習慣であって、エコの意識とは違う。スーパーが袋をくれなくなったから仕方なく持つようになったエコバッグとは、一線を画するのです。家で母がふきんを使い、しぼって干していくのを見て育っているから、それが当たり前だと思い込んで、自分が大人になってからもまた、ふきんを買います。

もっと便利になってよい世の中なのにいまひとつ進歩が遅れているのは、実は裕福さの問題ではなく、個人の胸にひそむ、これだけは最低限守っておかなきゃいけないというしきたりのせいなのです。

私が妻になったら、ペーパータオルをいちいち使うのはやはり紙がもったいないので、ふきんを使うでしょう。ふきんをすすぐときに使う水と再生紙のペーパータオルを一枚捨てるのでは、どちらが資源の無駄遣いなのかはおおいに悩むところですが、やはり私はふきんをすすぐ方を選ぶ気がします。

でも食器洗い機は取り入れる。便利だしお金を出して買う意義はある商品だから。私としてはお皿洗いは数ある家事のなかでも好きな工程で、けっして苦ではないけれど、私自身の革命のためにあえて食器洗い機を買う。私は迷信にも似た古い慣習にはとらわれず、めんどくさがりやとみなされるのを恐れず、機械で食器を洗う妻になるのです。

でも。

私、いつ、だれの妻になるんだっけ。

改めて部屋を見わたすと、つけっぱなしで見ていないテレビ、部屋干しした私と紘の衣類、台所用洗剤の泡にまみれた私のゴム手袋をつけた手。水を止めると思考の流れも止まり、事実がなんの虚飾もなしに浮かび上がってきます。流れている雰囲気は間違いなく結婚した主婦の午後なのですが、問題は、こんなに主婦的な午後が板についている私が、恋人と同棲しているだけでまだだれの奥さんでもないことなのでした。

このごろの私は、まだ自分が結婚していないことを本気で忘れます。三年という長い同棲生活のあいだに、紘との関係は恋人というより、倦怠期をむかえた夫婦のように変質してしまいました。さりげなく結婚の話を持ち出すのですが、いつもかわされてばかりです。

私は彼に依存しすぎている、部屋を出て行こうと決心した夜もありました。あのとき確かに私のなかで何かが動き、かちっと音がしてレールの進路が変更されるはずでした。でも結局、私は翌朝になっても、部屋から一歩も出て行けませんでした。希望が重いなまりとなって足首にまとわりついたためです。この場所にずっととどまっていれば、事態が好転するかもしれないと考え直しました。未来への希望はときに、現在の時間を砂のように重く味気ないものへ変化させます。

どこかに帰結したい、ゴールしたいという気持ちは日に日にふくらみ続け、ふとしたきっかけで問題として心のなかに浮上しては、私を落ち着かなくさせます。最近これまで続けてきた販売業の仕事をやめて時間もできたため、よけい根をつめてかんがえてしまうのかもしれません。

入社から五年目を迎えた紘に海外への転勤話が持ち上がった折、彼の家族も彼自身も騒然としていましたが、私はその話を聞いてすぐ、自分の仕事は辞めて、彼についていく決意を固めていました。紘とはなれればなれになるつもりは無いし、はなればなれで生きていける自信もありませんでした。そのときももちろんいまと変わらずただの恋人どうしだったけれど、私の気持ちのなかではなぜか添い遂げようとする妻の決意のようなものが生まれました。結局転勤の話がナシになったとき、私はがっかりしたくらいなのです。転勤話が消え、妻としての決意だけが残りました。一度やめるつもりになった仕事を続ける意味も見つからず、児童館を辞めて、いまは新しい職を探しています。でもまた紘に転勤話が持ちあがったらと思うと、なんだか身が入りません。それに子どもができれば、どうせ辞めなければいけないんだし。洗いものの終わった静かな部屋。平和な光景が私の心拍数を速め、手にじっとりと汗をにじませます。

急がなくちゃ。ちらりと時計に視線を上げます。

三時半過ぎだ。区役所は五時で閉まるから、急がないと。

なにが急がないと、なのかもわからないうちに、私は腰に巻いたカフェエプロンをはぎ取り、ひっつめた髪をほどくと、簡単な身支度をして、財布と印鑑だけ持って表へ飛び出しました。

最寄りの駅から電車に乗り西武新宿駅に降り立ちました。新宿区民たる私が目指すのは新宿区役所、大通りは朝からふっている雨で通行人たちがみな傘をさして、ふさがっています。特に歌舞伎町のドン・キホーテのまえあたりは、カラフルな傘が押し合いへし合い、ちょっとずつしか前に進めない状況で、私は横断歩道を反対側の歩道へ渡り、迂回して通りました。新宿はいつも祭りみたいな騒ぎです。私の故郷でこれほどの人を集められる行事は、祭りしかありません。毎日毎日祭りでは、都市として疲弊しないのだろうかと案じてしまいます。歩道を埋めつくす人たちが一人一人なにか目的を持ってこの街に来ているということが信じられない。何千人かは、大都市という舞台装置の熱気を演出するエキストラではないだろうか？

区役所まえの交差点の道路の赤信号で立ち止まっていると、私のまえに女子大生くらいの年頃の女の子が二人、おしゃべりしながら信号を待っていました。女の子たちはしゃべるのに夢中になっていて、傘をさすのが下手な左側の女の子のノースリーブの服から露出した肩には大粒の雨がいくつも落ちたけれど、本人はまったく気にする気配がありません。さらに彼女たちは二人ともビーチサンダルを履いていて、ペディキュアをぬった足は地面からはねかえる雨と道路にたまっている汚い水でぬれています。

雨は朝からふっていたのに、なぜビーチサンダルを履いてくるのか。

天気予報を見ていなかったとしても、せめて家を出たときに雨がふっていると分かれば、私なら回れ右をして、足のぬれない靴にはき替えます。もしくは、本来なら海辺を歩くための履きものなのだから、こんな雨の日にはビーチサンダルが最適と彼女たちは考えたのだろうか。雨の日はむしろ素足を露出するという、長靴とは正反対の考え。でも海水や砂に素足がまみれるのは気持ちいいかもしれないけれど、自分の足指が歌舞伎町の雨や水たまりでぬれるのは、やはり嫌なはずです。人間の生理感情として。

信号が青に変わって彼女たちが歩き出したときに唐突に悟りました。私はもう彼女たちみたいに、天気や身体を気にせずに、雨音にかき消されないために大声をふりしぼって友達と話すなんてことはできない。やろうと思えばできるけれど、したくないからできないのです。たしかに私も彼女ぐらいの年齢のときには、自分の肩や足指がぬれるのはそんなに気にならなかった。

私の感覚はもう十代では全然ない。当たり前ですが、しかしあつかましいことに、多分二十三歳くらい、紘と共に暮らし始めたころまではまだ私は十代だったのです。実年齢のほかにも人間にはべつの年齢があり、それを精神年齢などと呼びますが、二十三歳まで私は自分が、薄暗い茫洋とした世界を生命力のかたまりになって、ただがむしゃらに転がりまわっている十代の感覚でいました。それから紘と暮らす三年のあいだにちょっとずつ十代じゃなくなり、いま二十六歳で二十代とも三十代ともちがう変な場所に迷い込んでいます。生命力のかたまりは、すみっこのほこりっぽい角にぶつかり、急に止まってどちらへ動いたらいいものか、と迷ったままその場に待機し続けているのです。もう新宿で水びたしのビーチサンダルは履けないし、大学の新歓コンパのときに散々やった、深夜まで飲んで酔っぱらって居酒屋のまえの地面に座りこむなんてことも、とてもじゃないけれどできなくなってしまったのです。

結婚することによって私は、自分という玉を隅っこからまた、ちゃんと転がる軌道へと戻したいのでしょう。結婚をすれば人間としてのまっとうな人生の軌道に乗れる、婚姻、妊娠、出産と、こなしていく行事が次々とできて、その点をつなぎ合わせれば人生の見通しもつくし、忙しくて余計なことも考えなくて済む。なにより紘が自分と一生いっしょにいてくれる事実に疑いを持たず、これまでよりも安心して、強く深く彼を愛することができる。

私にとって婚姻届は十代でも二十代でもない中途半端ないまの自分から、子どものころ頭に描いていたとおりの大人になるためのチケットなのです。

ものすごく自分勝手で、安易だ。結婚で人生を変えようとしている。

わかっていても結婚をしたい衝動はものすごい力で私をねじ曲げて、押し流していきます。普通、このような場所には二人で来るのではないのかな、私は少し頭が狂っているのではないかなと戸籍住民課で順番待ちをしているときにちらと考えましたが、番号を呼ばれて立ち上がると、疑問はかき消えました。


自分がしてもらってうれしいことを、ほかの人にもしてあげなさい。

たしか子どものころにそう習いました。その原理でいくと紘は私の三つの贈り物を見て喜ぶはずです。どれも私が欲しいものだもの。テーブルのうえには、婚姻届と帰りぎわに買ったスミレの花束とケーキ。

花束は私が紘に〝結婚してください〟とプロポーズするときに床に片ひざをつき冗談めかしてあげる予定で、ケーキは紘が届にサインし終わったら食べる予定でした。男の人ならエンゲージリングを渡すでしょう、でも女の私が指輪まで買うのは変な気がして、お花。きっと紘はこの小さな花束にこめられた軽い冗談と〝できればあなたから切り出してほしかったんだけどな〟というちょっとした皮肉を瞬時に読み取って、笑ってくれるはずです。

笑ってくれる……だろうか。

私の不安をよみとったテーブルのうえの三人娘が、ひそひそと話し合いを始めます。

〝なんか雲行きがあやしそう。私たちうまくいくの？〟

ホールではなく2ピースだけのショートケーキが声をひそめています。

〝男の人が来るまえに、用事思い出したって言って帰っちゃおうか〟

はずれの合コンに間違えて来てしまった女の子のように、婚姻届がいますぐにでも帰りたそうにそわそわしています。

〝そうしようよ。わざわざ負け戦なんかする必要ない〟

花束が同意して、小さなスミレの濃い紫色の花びらをふるわせてうなずきます。負け戦。いやいや、そんなはずはない。私はたった一つの言葉を聞くためだけに、炊事洗濯掃除とあと笑顔をこの部屋で三年も惜しみなくふりまいたわけではありません。仕事で忙しくなった彼をサポートするために、生活面は分担制から私がほとんどこなすようにいつのまにか変わっていました。あの努力がどうして実らないといえるでしょう。

ちょっと待って、帰らないで。ぜったいうまくいくから、もう少しここにいて。

私は彼女たちをなだめようとしますが、彼女たちのささやき合いはおさまりません。玄関のかぎを開ける音が聞こえて、紘が帰ってくると、三人娘たちははっとして静まりかえりました。

「おかえり」

「ただいま」

帰ってきてすぐの紘は靴をぬぎながら、いきなりため息をつきます。以前、ため息は私に対しての意思表示なのかと問うと、彼はびっくりした顔で、〝まさか。ていうか、ため息なんてついたっけ〟と言いました。きっと仕事の疲れと家に帰ってきた安心がまざって、無意識に出てしまうのだろう、と思いたい。同棲し始めのころは、彼の方がよっぽど、私のため息に敏感だったのに。彼のスーツが連れてくる、外のにおい、社会のにおい。私は紘の帰ってくるこの瞬間が、一日のうちでもっとも好きです。まがりなりにも帰ってきてくれた、という思いに満たされて、ほっとするからです。紘にこの気持ちを言えば、きっと彼は〝帰ってきて当たり前だ、ここは僕の家だもの〟と言うでしょう。でもそういうことを言いたいんじゃなくって、まあもっとシンプルに言えば、あなたが帰ってきてくれてうれしい、それだけなんだけれど。

「早かったね」

「そうかな。いつも通りだと思うけど」

洗面所で彼が手や顔を洗っているあいだ、廊下とリビングの間に私は立ち、壁にもたれて、絃がテーブルのうえを見たときの反応を想像してどきどきしていました。

「なんだこれ」

テーブルのうえを見た絃はたいした反応も見せず、ネクタイをゆるめながら届をのぞきこみました。

「婚姻届?」

「うん。私、絃と結婚したいと思ったから」

絃の表情は変わりませんでしたが、あまりにも変わらないので逆に不自然でした。固まっていると表現するほうが正しいかもしれない。リビングの気温が下がり、酸素もうすくなって一気に張りつめて、完全に花束をわたすタイミングを見失いました。絃は届から目を離してケーキや花束をながめながら、動作だけはいつもと変わらずにネクタイをほどきました。

「結婚?　なんで?」

「なんで、って言われても」

私は絶句します。それを言うなら、なぜ私たちはいま、一緒に暮らしているのか。結婚するためではなかったのか。

「いや、なんで今？　ってこと」

私の顔色が変わったのを見て、紘があわてて付け足します。

「いま、じゃなかったの。ずっと前からしたいと思ってて、いま、ようやく言えたの」

私は紘の目をまっすぐに見ました。

「紘、結婚してください」

「結婚したいなんて思ってたんだっけ、奈世」

「思ってた。ずっと思ってた。私がしたいのは同棲じゃなくて結婚だったの。先の見えない同棲はもういやなの」

「ふうん。奈世はいつも唐突だな」

紘はもう一度婚姻届を見直しましたが、目の色が変わりました。

「なんで僕の名前がもう書いてあるの」

「紘の名前と私の名前を書いて並べたくなったから」

「正式な書類だろ。勝手に人の名前を書くのはおかしいよ。こんな風にしたら、どちらにしてもこの書類は使えないよ」

私と自分の名前が婚姻届に並んでいるだけで、こんなに嫌がる紘。もうほとんど怯えています。このごろ一番腹が立つのは、彼に怒られているときや馬鹿にされているときではなく、怯えられているときです。毎日枕を並べて寝て、お互いのありとあらゆるくせまで知り合っているのに、正式な書類に名前が並んでいるだけで怯えるなんて、彼はこんなにも身内な私から、一体何を守りたがっているのでしょうか。

「さっきの話だけれど、本当に私は唐突かな。三年も同棲していたら、いつ結婚の話が出てもおかしくないでしょう」

「そういう意味じゃなくて、奈世が言い出したのが突然ってこと。いくら奈世が頭のなかで結婚したいって考えていても、言ってくれなきゃおれは分からないよ」

「じゃあ、いまはもう言ったから分かっているでしょ。紘はどう思うの」

「なにが」

「なにって、結婚について」

「ああ、わかった。考えとく」

なにをのんきな、と叫びそうになったのを、どうにか押しとどめます。たしかに紘の言うとおり、私のプロポーズは唐突だったかもしれない。まったくなにも知らないままうちに帰ってきて、いきなり結婚について考えられる男の人など、そういないだろう。

私たちの長い交際の歴史を、いまこの瞬間に結論づける必要もない。ここまで来て、あせる必要はない。

「分かった。じゃ、考えておいてね」

「で、夕飯は」

紘の言葉にはっとしました。そうだ、婚姻届やらで頭がいっぱいで、夕飯を作っていなかった。

「いまから作る。でも遅くなっちゃうね。そうだ、ケーキを先に食べる？」

「ええ？　ちゃんとした夕食を先に食べたいよ」

夕飯なんか食べている場合じゃない、プロポーズして将来のことを二人でいますぐ考えるべき緊急事態なのだから、と紘を説得したくもなったのですが、よく考えてみれば緊急事態を作ったのは私で、紘は今日もふつうに仕事して疲れて帰ってきただけです。

「わかった、いまから簡単なもの作るから、待ってて。買い物に行かなくちゃならないかも」

「僕が作ったほうが早いんじゃないの」

「だいじょうぶ、だいじょうぶ」

私たちのような同棲カップルの結婚への移行は、たとえば奇抜な逆プロポーズからではなく、毎日の手作りの夕食から少しずつ芽生えていくものかもしれない。冷蔵庫を開けたら豆腐としなびたニラしか入っていませんでした。

2

テーブルに置いてある婚姻届を見つけたとき、まずまっさきに頭に浮かんだのは〝連帯保証人〟という言葉だった。すでに僕の名前が書かれているのを見つけて、頭に血がのぼり、逆に手足は冷たくなった。

「なんで僕の名前がもう書いてあるの」

いますぐにも届をやぶり捨てたくなるほど強い衝動が僕を包み、顔がゆがむのが自分でも分かった。怒りでふるえる手に力を入れて、なんとかばれないようにした。

〝連帯保証人にだけはなるな〟と小さなころから、父親に言い聞かされていた。幼くても借金についてや、借金する人を保証する連帯保証人の役割についても教えこまれた。親族や友達を信用して連帯保証人になったが、その親族や友達が夜逃げして借金を肩代わりしなくてはいけなくなり、大変な窮地に陥った人の再現ドラマも、よくテレビで放送していた。父はそんなテレビを見るたび、「連帯保証人になると大きなリスクを引き受けなきゃならん。将来だれかに保証人になってくれと頼まれたら、一時の情に流されずにきっぱり断れ」と僕を教育した。

だからといって、父がだれかの保証人になって痛い目を見たわけではない。持ちかけられたことがあるのかないのかは知らないけれど、幼い僕が〝じゃあ父さんはだれかの保証人になったことがあるの〟と訊いたとき、父は自慢げに〝あるわけないじゃないか、そんなバカな友人は、おれには一人もいない〟と答えた。じゃあなぜ僕には連帯保証人にはなるなという教育を施すのか、僕にできる友達はバカだと考えているからか、と思ったけれど、なにも言わなかった。

父の教育をふまえなくても、僕は僕自身で保証人やら借金という制度が好きではない。だから学生時代友達のあいだで金や物の貸し借りはさかんだったが、僕は最小限にとどめていた。なにかを借りることはめったになく、ほとんどは貸す側だったけれど、貸すたびにいやなもやもやが胸にたまったから、そのうち貸したくないものはきっぱり断るようになった。

貸しても返ってこないのでは、と心配しているわけじゃない。金や物を貸すときに、自分の一部まで貸し出してしまった気がして落ち着かないのだ。相手に託す、という感覚があまり好きではないのかもしれない。相手を信用していないわけではないのだけれど、自分に関するものが自分の管理下から外部へ出ている状況は、僕の一部を他者の判断に任せているようで落ち着かない。

婚姻届は〝人生を連帯保証しよう〟という強烈なメッセージを発していた。借金どころじゃない、僕の人生のまるごとを、妻になる人に賭けろと申し出ていた。二人三脚といえば聞こえはいいけれど、二本しかない足の片方がもう自分の意思だけでは動かせなくなれば、相手や自分のミスでいとも簡単に転んでしまう。

奈世の口から、結婚、という言葉が出てきたときにまず思い浮かんだのは、できると思っているのか？

だった。できると思っているのか？　僕たちはなんの準備もできていないじゃないか、ただ年月が過ぎ去っただけで。結婚というのは、もっとおたがいが一生共に生活できると確信してから実行するものだ。どちらかというと最初より状態が悪化している僕らの同棲生活からいきなり結婚なんて、とても承知できない。奈世と結婚したくない、ほかの女と結婚したいと思っているわけじゃない、ただうまくいく確信もないままふみ出すなんて、正しい判断ではない。もしかして彼女は、結婚さえすれば、なにか魔法がかかっていままでの生活がすべて良いほうへ傾くとでも思っているのだろうか。それはない、結婚は通過点であり、結婚後いっしょに生活するのもいまと変わらない僕たちだ。結婚には人生がかかっている。奈世ももっとまじめに、真剣に考えるべきだ。僕たちにはまだ無理だと、奈世にも分かっていると思っていたのに。

なんの準備もできていないのに戦場に駆り出される気がした。考えておくと言った僕に、なにか言いたいことがありそうな複雑な笑顔でうなずいて見せた奈世が、長年共に暮らしてきた人ではなく、他人に見えた。

3

一度口に出した結婚という言葉は、いままで禁句だったのが解禁になった喜びもあってか、ふとした拍子に簡単に口から飛び出すようになりました。

〝考えとく〟中の紘の熟考をみだしてはいけない、そっとしておいた方がいい、と頭のなかでは分かっているのに、私は彼に結婚はどうするつもりなのかとしょっちゅう問いつめました。また結婚と発音するたびに、めでたい言葉にもかかわらず彼の顔が曇ってゆううつそうになるのも、どこか自虐的な気持ちで楽しんでしまいます。

ほら奈世、あなたはあなたと結婚するという言葉を聞いただけで、ここまで暗い顔になる男の人と三年も同棲してきたのよ。ばかだねえ。

被害妄想にすぎると頭の隅では分かっているのに、自らをはやし立てる頭のなかの声は収まらず、絃にしつこくしてしまいます。

「ねえ、なにを迷っているの。迷われると不安になるのよ。もう三年もいっしょに住んできたのに、どうして結婚するかしないかについて、そこまで迷わなきゃいけないの。私のことも、二人の生活のことも、もう十分わかってるはずでしょ」

三年も経てば中学生だって卒業して高校に行くわよと言いそうになりましたが、じゃあ僕たちも卒業で、と言われたら恐いと思い、口をつぐみました。すると彼は夕食のあと早々に寝室に引き上げて、まだ夜の十時半だというのに毛布をかぶって寝てしまうのです。真夜中にどうしても寝つけなくて絃を揺り起こしてしまい、ねえどうして迷うのと再度聞きました。

「ちょっとくらい一人で考えさせてくれよ。あと、いま何時か分かってる？　奈世はなにもないから良いかもしれないけれど、おれは明日も朝から会社なんだ」

「私だってなんにもなくはないよ。昼は家事にネットで就職探し、夜はご飯の支度もしなくちゃいけない。でも最近は結婚のことが気になって眠れないの。ねえ、いまなにを考えているかだけでいいから教えて」

「結婚してうまくやっていけるかの自信がない。僕たちはなにか、不安定だから」

「どう不安定なの」

「仕事から家に帰ってくると、ドアの内側がどういう雰囲気か開けてみるまで分からないんだ」

　どういう意味。

「奈世が機嫌がいいか、怒ってるか分からない」

　私、べつに怒ってないでしょ。

「でも空気が不穏にぴりぴりしているときがあるから。今日もそれかなと思うと心が重くなって家に帰りたくなくなる」

　不穏にぴりぴりするのは私が、このままでいいのかなってずっと不安に思っているせいでしょ。結婚したら解決するよ。

「結婚がどうより先に、新しい仕事を見つけるのに精を出したら」

「私生活に変化があって仕事に影響が及んだらまた面倒だから、するならしてから就職したい」

「僕の転勤話のことを言ってるの？　あれは奈世が勝手に話を大きくしたんだろ」

「そんな言い方ひどい」

「だから、けんかする気はないよ。おやすみ」

ただ、結婚するのかしないのか、どっちなのか早く知りたい思いだけがあります。でも頭の隅では、スクラッチカードの銀色の部分をコインでこすればyesかnoの文字が出てくるものではないと分かっています。くじではない、結婚するのは私と紘。当事者なのだから、答えはうすうす分かっている。でもどうしてもはっきりした答えが聞きたい。

紘が職場から帰ってくると、夕飯は二人とも無言で食べて、そのあと私の〝話し合いをしましょう〟の呼びかけによって、結婚話を始めます。しかしだいたい十一時ごろに話がこじれて、おたがいけんかっぽい口調になり、私が泣き出す。すると私か紘かが家を飛び出して、もう片方がそれを追う。そして二人で家へ帰り、この続きは明日にしよう、と約束して、明け方に疲れきって眠る。

そんな生活を一週間も続け、その間に天地を創造した神さまにも匹敵するくらいのエネルギーを使いました。いままで爆発しそうになりながらもなんとか通常を保っていた生活はあっという間にもろく崩れさり、居心地の良い我が家は荒涼とした戦地になり、トイレットペーパーさえも買い足されず、私たちはトイレのつまりに怯えながらもティッシュペーパーを使い続けました。

子どものころ砂場で細長くてうねった溝を掘って泥水を流しこみ、川を作ったことがありました。あのときしゃがんでバケツで何度流し込んでも同じ路しかたどらなかった泥水のように、私たちの話し合いからけんかへの流れも、毎度同じコースばかりたどりました。理性のある人間が二人もいるなら、いけない、また昨日と同じ流れの話し合いになっているだけだ、不毛だからやめようと気づいてもおかしくないはずです。事実私も絃も、口には出さないものの、この話し合いという名の自分の意見の押し付け合いがなんの意味もない、二人の体力をいたずらに奪っていくだけだと分かっていました。でもどうしても話し合いをやめられない、流れを変えられない。

二人とも相手の言っていることをなかなか聞き入れられず、自分の考えばかりが正しいと思っています。いえ、正しいと思っているわけでもありません、正しいかどうか分からないけれど、このポイントだけは譲れない、お願いだから助けてほしいと切羽つまって叫んでいるのです。

毎日同じけんかのフルコースをこなして、最終的には涙をふいて眠りにつくのも、ある意味暗黙の了解のスポーツみたいで、ばからしくもあり不思議。人はこういうのを、プロレスと呼ぶのでしょうか。

私も絃も驚くほど自分の考えしかありません。いくら話し合いをしても、相手の主張することにはちっとも耳を貸さないのです。いや聞いてはいるのだけれど、魂がそれに従わないのです。一人で考えていてなにか悩みにぶつかったときは、ではこうしたらどうだろう、これはどうだろうと、いろんな方向から光を当てて、多様に考えているつもりだったけれど、相手がいると、結局同じ思考回路を使ってでしか考えていないのが、よく分かります。

神さまと平民の私たちのどこが違うかというと、私たちはいくらパワーを使っても天地創造どころかなにも生み出せないところです。アドレナリンが出て変に興奮して元気な私にくらべて、紘はどんどん弱っていき、視線さえ力なく私の顔に届くまえに伏せられるほどでした。

紘はいま私がものすごく好きで、寝食を忘れるほど私にはまっているというわけではないけれど、それなりに愛情を持っています。こうして彼を追いつめるたびに、私は彼のその決して大きくはない小ぶりな愛情のかたまりを、かつおぶしのようにかんなで勢いよくけずっています。でもどうしても、自分を止められないのです。

「一度距離を置いてみないか」

疲れきって目頭をおさえた紘がした提案は、私を凍りつかせました。

「どういうこと?」

「いや、まだ特に案は浮かんでないけれど。僕は、とにかく一人でゆっくり考える時間が欲しい」

左腹の下の部分が痛みはじめました。最近ストレスがかかる度に痛みが走り、お腹がゆるくなります。身体の内側から喉にむかって、すきま風の通り抜ける音が聞こえて、耳をすますとそれは風ではなく、私自身の泣く声でした。

紘の心は努力では動かせません。私ががんばればがんばるほど彼の心は冷えていく。でもいままでの私は〝がんばる〟しか問題の解決法を知りませんでした。勉強についていけなくても、新しい環境になじめなくても、すべてがんばってふんばって努力で追いついてきたのです。でもどうやら恋は、人の心は例外のようです。私ががんばればがんばるほど空回り、紘の心は遠くはなれていきます。努力ではどうにもならない、むしろ力むと余計沈む。人の心を相手にした場合、どう改善したらいいか分からなくて、途方にくれます。

それに渋る男を押し切って結婚、なんていうのも、どうもひりひりします。男の場合なら迷う女を説き伏せて、強引にかっさらって妻にすることは自慢話になるのに、逆の場合はなんだかしみったれています。

また私が泣きながら家を飛び出して、近くの駅の改札口まで行き、お決まり通り紘が迎えにきたときは、彼は私を見つけてもちっとも喜ばず、声もかけずにそのまま歩いていきます。

「絃、どこ行くの」

「ポスト」

「いっしょに行く」

「手紙出すだけだよ」

歩いている絃の手に自分の手をすべりこませると、絃が弱い握力でにぎり返します。まだつながっている、まだ愛は生きている。瀕死の愛の微弱な反応。先生、まだ脈があります。そうか、いそいで応急処置をしろ。結婚という電気ショックならいますぐ与えることができますが。だめだ、その電気ショックには患者が拒絶反応をしめす。

「あ、飲むヨーグルト買ってから帰ってもいい？」

私が自動販売機に近づくと、つないでいた手は簡単に離れました。


そのあとの何日かはほとんど記憶がありません。確実にこわれていく日常のなかで、どちらかがホテルに泊まったりすることなく、ちゃんと家に集うのが不思議でありながらも、ぼんやりとうれしかったのは覚えています。休日、二人で家の近くの橋の上に並んで、なにもしゃべらずにただ呆然と、川の流れをながめていたことも。二年前に一度、この家を出ていく決心をしたことがありました。絃にはなにも告げずに必要最小限の荷物だけをもって、家を飛び出そうと。でもそう決心して次の朝目覚めると、また普通に始まった日常を前にしてその決意はしぼみました。いつもと同じように朝食を食べ、出勤する紘の日常をかき乱すことが、なんだか残酷な、罪深いことに思えたのです。あのときは本気でそう思いましたが、いま考えれば、やっぱり離れたくないという自分の欲もにじみ出た結果だったのでしょう。

はっと気づくと、私は外にいて、アパートの外の階段に座った紘はがっくり垂れそうな額を手で押さえて、ぐずぐずと泣いていました。紘が泣いている？　彼の涙なんて、付き合ってから初めて見ます。いまは何時だろう、気温は真夜中の頃の涼しさで、アパートの外には人通りもありません。いつも私ばかり泣いていたのに、初めて彼が泣いた。初めて彼と通じ合えた気がして、彼に近寄って彼の頭を抱きました。大人の男の人を泣かしたのは初めてで、紘の震えている肩を見つめていると、なんだかうれしく、かなしく、フワフワする感覚で、彼の頭をなでました。

「泣かないで。どうしたの」

「もういやだ。寝たい！　とにかく寝たいんだ」

紘はあまりに眠たくて涙を流しているのでした。

「もう、いいだろう？　いい加減にして。おれは寝るから、奈世は好きにしろ」

紘は涙をぬぐいながらおぼつかない足取りで部屋へもどり、まっくらな部屋でベッドに寝ころがりそのまま動かなくなりました。私は台所の戸棚にもたれて朝まで過ごしました。

追いつめるところまで、追いつめてしまった手ごたえがある。さっきまで紘の頭をなでていた感触が手に残ったままです。

翌朝紘が少し遅れて会社に行ったあと、私は荷造りを済ませて、彼が帰ってくるのを待ちました。帰宅した彼は私の荷物があらかたなくなり、部屋に段ボール箱が置いてあるのを見ても、なにも言わずに寝室のベッドに電気を消したまま倒れ込んでしまいました。私は残りの荷物の入ったスーツケースを玄関まで持って行き、ドアを開けるまえに紘になにか最後の言葉をかけようと、少し開いた寝室のドアから中を覗きこみましたが、紘は突っ伏したままで、結局何も言わずに家を出ました。一週間あまりの話し合いで私たちが学んだことは、言葉では通じないものごとがある、ということでした。

駅のホームからすべり出て、ゆっくりと加速していく新幹線の車窓から、青く暮れてゆく高層ビル群の夜景が見えます。人ばかり多いこの地から私が抜けても、なに一つこの大都市は変わらない。

この窓の明かりのなかに一人暮らしの世帯はいくつくらいまぎれこんでいるだろう。かつて私がこの街に来たときは一人だった。大学しかこの土地に接点がないまま、なんとか暮らしていた。でもいつの間にか二人になり、そしてまた一人になってこの街を去ります。

来る者を迎えるときと同じく、去る者を見送るときもこの街はドライです。一時的に都民であった人のささやかな歴史は、絶えずやってくる新しい人たちによって、つぎつぎとぬり替えられていきます。物質的な意味でも、精神的な意味でも。空き家にはすぐ別の人が住むし、職も新しい人が採用される。なじみのある店が閉店した翌週には新しい店にするための改築工事が始まり、人間関係もまたリセットされる。個人の歴史が感傷や空虚さを経て忘却されるのではなく、ほとんど間を置かないまま更新されるのです。

このたくさんの明かりのなかの一つ、小さな窓の狭い部屋で紘と二人で暮らしていた日々。私たちの、普通のささやかな同棲生活の歴史は私たち以外誰も知ることなく、膨大な量の明かりのなかにうずもれていきます。

車内が明るく外が暗いせいで、景色が見たいのに自分の顔ばかり映ってしまう窓ガラスにぎりぎりまで顔を寄せながら、もっと家に友達や両親を呼んでおけばよかったと少し後悔しました。私たちは他者を家に寄せつけずに二人だけで濃密な世界にひたっていましたが、だれかを呼んでおけば、たとえ私たちの生活は滅びても、私たち以外に私たちがあのときこの土地で暮らしていたという記憶が残ったのです。おっくうがらずに写真もいっぱい撮って、記録も残しておけばよかった。このまま滅びるなら、私と紘のがんばりは、一体どこへ消えてゆくのでしょう。でもそんな後悔も新幹線が加速して東京の街がぐんぐん離れていくにつれ、私から引き離されていきました。

4

新幹線から駅に降り立ち、駅から直通の地下鉄に乗ればすぐ帰れるのですが、ひさしぶりに故郷を高いところから見下ろしたいと思い、近くの展望台のあるホテルまで歩きました。東京から新幹線で一時間半ほどなのに故郷は気温が高く、地域特有の強い風が吹いていましたが、昔からなじんできたその風に髪を吹き飛ばされることは、まったく不快ではなく、むしろなじみのあるその風に歌でも歌いだしたくなります。
展望台はもう営業時間を終えていましたが、エレベーターだけでもと乗り込むと、最上階へ向かってぐんぐん上昇しました。ガラス張りから町を見下ろしていると、東京よりずっと明かりの少ない夜景でありながらも、その見慣れた夜に、夜なんだから暗くて当たり前と、変に納得してしまいます。展望回廊の階についたあとはすぐに一階のボタンを押してまた下りました。

たとえば海外でも国内でも旅行に出れば、長い旅路を終えて目的地に着いたとたん、解放感でいっぱいになります。自分の本拠地から解き放たれて、あれも見たいこれも見たいと好奇心を刺激されて、眠る直前までこの旅先の地を楽しみたくなります。

故郷へ帰るのは、おなじ移動でありながらも、旅行とはまったく違う感覚です。新幹線から降り故郷の駅から出て地を踏んでも、知らない土地に降り立ったときの気持ちの高揚はないし、また、いきなりほっとするわけでもありません。故郷の風は、少しずつ身体にしみこんでくるもの。そしてなつかしさとは、感じるものではなく思い出してゆくもの。実家までのバスに乗ったときに、のんきな揺れ方が身体の記憶を呼びさまし、ああそうだな、ここに住んでいたときはしょっちゅうバスに乗っていたなと思い出して、なつかしい、となります。見慣れた低い建物のならぶ風景をながめ、東京とは明らかに違うゆったりした空気が身体にしみこみ、知らず知らずのうちに心をきつく締めつけていたベルトがゆるんで、ついにあとかたもなく消え去っていきます。

さすが長年、住んでいた土地。すぐになじめる。実家にたどり着くころには、もう私はのんきな娘にもどり、肩に食いこむ重い荷物に顔をしかめながらも、過去から解放されていました。

「ただいま」

「どうしたの奈世ちゃん、いきなり連絡もしないで。あんた、東京から帰ってきたの」

出てきた母親が、悪い知らせを受け取るかのように、私を見て深刻な表情になりました。

急に決心して家を飛び出してきたのと、紘のことで頭がいっぱいになっていたのと、新幹線では眠ってしまったのが重なって、私は親にきちんと連絡を入れるのを忘れていました。

「なんだかやせたんじゃない、奈世ちゃん。なにかあったの？」

「ううん、なにもないよ。荷物が重くて」

突然だったせいか母はどこか心配そうな顔つきで私の全身をくまなく眺めています。その視線に居心地の悪さを感じながら私が玄関に荷物を置くと、遅れて部屋の奥から出てきた父親がおどろいた顔をしています。

「なんだ、奈世。帰ってくるって、今日だったのか」

「そうだよ、メール送ったでしょう」

「あんな短いメールじゃ、今日だって分からなかったぞ」

「まあとにかく、ただいま」

「おかえり」

父も私の顔を観察しはじめたので、私の部屋がある三階へあわてて階段をのぼりました。

長らく帰ってこなかった私の部屋は、しかし私の部屋のままでした。子どもが出て行ったあとの子ども部屋は、ふしぎです。昔子どものころ祖父母の家に遊びに行ったとき、二階のある一室に入り〝この部屋はなんの部屋？〟と祖母に訊くと〝ここはコウちゃんの部屋〟と答えたことがありました。コウちゃんとはうちの父親の名前です。父はもうとっくに結婚して祖父母の家を出ていたのに、まだ実家に部屋が残ったままであること、そしてその部屋がある家ではまだ父が子どものように〝コウちゃん〟と呼ばれていることと、そして当たり前ですが父には私が生まれるまえから歴史があったこと。この三つを部屋に入ったときに同時に感じて、私はそれまで知らなかった父の一面を見た気がして、父が大学生まで使っていたベッドをながめていました。うちでは、布団で寝ているのに。それにあの真っ青なベッドカバー。父が青色のものを身につけたり、持っていたりするところなんか、いままで見たこともないのに。

あの不思議さが、かつての私の子ども部屋にも、すでに漂いはじめています。必要なものだけ抜き去られ、持ち主はもういないのだけれど、父母によって定期的に掃除されて、日当たりが良いためポスターや人形の服の色など、すべての色素があらかた抜けて白っぽくなってしまった部屋。私はひとりっこだったので、この部屋以外の部屋はすべて生きて活動していて、この部屋だけは時が止まっています。時の止まった部屋を一つ抱えてこの家で生活をしていく父母の気分は、いったいどんなでしょうか。

大学生のころは休みができると実家には頻繁に帰っていました。しかし紘と付き合いだしてからは、父や母から〝帰っておいで〟と電話をもらっても、一度も帰りませんでした。お正月でさえ東京で紘と二人で過ごしました。実家のことなんか、この部屋のことなんか、すっかり忘れていた。でも私が忘れているうちにも時は流れて、この部屋は私が置き去ったものたちといっしょに色あせていった。罪悪感に似た気持ちに浸りながら私は夕飯の匂いのするリビングのある二階へ降りていきました。

「わあ、すっごいおいしそう。お母さんのちらしずし、ひさしぶり。私は作れないから、もう何年も食べてない。ちらしずしっていう食事のメニューがあることさえも忘れてたよ」

「ちらしずしくらい、簡単に作れるでしょう。帰ってくるってわかっていたら、もっといろいろ作ったのに。奈世ちゃんの好きなハンバーグも、牛ひき肉があったら作れたんだけどねぇ」

「和洋がごちゃまぜになるからいいよ。ちらしずし、こんど作り方教えて」

「いいわよ。今度作るときにとなりで見てなさい」

桜でんぶのいっぱいふりかかった、錦糸卵の黄色があざやかなちらしずしは母の得意料理で、ひなまつりの日はもちろん、特別な日にはかならず出てくる定番メニューでした。あっさりした酸味のきいた味は昔と全然変わっていなくて、私も作れるようにはなりたいけれど、たとえば煮しめた甘い味がしっかりついているしいたけなんかは、どうやって作るのか、時間と手間と技術が必要そうです。

「どうして突然帰ってきたの。そりゃ私たちは奈世ちゃんが帰ってくるのはうれしいけれど、なにかあったの」

リビングにいる父と母の視線は私に注がれていて、こうして二人から見守られることはひとりっこの私にとっては当たり前のできごとでしたが、恋人と家族が作れないとわかったいまは、現家族の彼らの心配をありがたく感じます。父と母のいる実家の雰囲気は、紘との二人ぐらしの家とはまるでちがい、雑多でそうぞうしい、でも涙が出そうなほど落ち着く。大きめのテレビの音量も、少し散らかったリビングも、カラフルな色調が絶妙にださいキッチンマットも。お湯に肩まで浸かったかのよう。

「いきなり帰ってくるなんて、なにかあったんだろう」

父がじれったそうに聞いてきます。

「なんにもないよ。ただちょっと東京に疲れて、帰ってきちゃっただけ」

「うそこけ。田畑くんとなんかあったはずだ。奈世が突然帰ってくるといえば、それしか理由がない」

「さすがお父さん、するどいね。どうして分かったの」

「田畑くんにべったりでいままでうちにろくに電話もかけてこなかったおまえが、急にこっちに帰ってくるなんて、田畑くんのことがからんでいなけりゃ、あり得ないからだ」

「そうなんだよねえ」

「おまえ、田畑くんと別れたのか」

「ううん、まだ別れてないけど、あぶない」

「原因はなんなの」

正座している母が、わずかに身を乗り出します。

「たいしたことじゃないの。ちょっと距離を置いておたがい、二人の関係性についてゆっくり考えたいってだけ」

「ゆっくり考えたい？　奈世と田畑くんはもう三年間いっしょに暮らしているじゃないか。ゆっくりもなにも、父さんはもう二人が結婚するものだと思ったから、同棲を許可したんだぞ」

「まあ、紘にもいろいろ葛藤があるんでしょう。私にはなくて、彼と結婚したかったけど」

「葛藤ってなんだ。奈世に不満があるとでもいうのか」

「不満っていうか、まあ、彼にも彼なりの事情があるの」

父をなだめようとしたら、涙があふれてきてこらえきれなくなり、うつむくと桜でんぶのうえに、涙の粒がつぎつぎこぼれ落ちました。

「おい、どうしたんだ奈世。父さんなにかおかしいことを言ったか」

私の泣き顔なんて私が子どものころ以来見たことがなかった父が、あわてふためきました。私は首をふり、いままでたまっていた気持ちがあふれるままに泣きました。母は女のばか泣きの意味がすぐ分かるみたいで、私の背中をとんとんと叩いたり、とりあえずお茶を飲みなさいよと勧めてくれました。

「いい加減、泣きやみなさい。父さんと母さんだって、いま驚いているんだぞ。おれたちはてっきり奈世と田畑くんの二人がうまくいってると思っていたんだ。それなのに、突然帰ってきたと思ったら、泣き出して、こんなに瘦せて」父の声がぐっとつまるのを聞きました。「そんなにつらかったなら、どうしてもっと早く戻ってこなかったんだ」

「私ががんばれば、うまくいくと思ってたの」

泣きながら吐露すると、一人だけそれほど盛り上がっていない母が、私の背中をさすりながら、

「田畑さんには帰るって伝えてきたの？　それともだまって出てきたの？」

「だまって出てきた」

「ああ、それなら連絡しないと。きっとあんたが帰ってこなくて、いまごろ心配しているでしょう」

「知らせる必要なんかない。女のほうが結婚したい気持ちがあるのにずっと放っておいて、まだ迷っているような奴に、知らせる義理なんかない」

父が大きな声を出して、立ち上がりかけた母の動きを止めました。

「で、こっちにはいつまでいるつもりなんだ」

ようやく泣き止んだ私に、父がしかめ面をして聞く。

「分からない。なにも決めずに家を飛び出してきたの」

「もうこっちに移り住んじゃいなさいよ」

母はなぜかうきうきして、冷蔵庫からつぎつぎ私の好物を出してくれました。

紘のいないベッドで眠るなんて耐えられそうにないと思ったけれど、母のお風呂に入る気配やひさしぶりの自分の部屋の見慣れた家具に囲まれて、布団のなかで目をつぶっていると、紘の寝顔を息をつめて見守っていた昨日までのベッドの記憶が薄れていきます。大丈夫だ、私は一人でも眠れる。いつからだろう、紘がいないと眠れないなんて思いこんでいたのは。目をつむると昔ながらの実家のにおいに別のにおいがまぎれこんでいます。違うにおいなのは私自身です。紘と二人で住んでいた部屋のにおいが肌に、パジャマにしみこんでいます。でもすぐにこんなかすかな匂いなんて消える。私と紘の過ごしたあのあやふやな日々なんて遠く離れたこの故郷での現実感に比べたら、夢のようにかき消えていく。

声をころして泣いていると、ドアが開いて電気を消した部屋に廊下の明かりが差しました。

「だいじょうぶ、奈世ちゃん」

「うん」

涙声になりそうなのを抑えながら、ベッドにもぐりこんで、顔を母に見せずにやり過ごします。

「どうかしたの、お母さん」

「別になにもないんだけどね、お父さんが奈世の様子を見ていって何度もけしかけるもんだから」

「変なの」

「お母さんはそれほど心配してませんよ。奈世は自分の判断で帰ってくることができたんだから、大丈夫よ。きっとこっちでうまくやれるから、元気出しなさい」

「うん」

「じゃ、おやすみ」

「おやすみ」

どうして両親は私がまだ泣いていると気付いたのか。ドアは締め切っていたから、泣き声はもれていないはずです。でもこの三階建ての小さな家では、家族のだれかが泣いていればその空気をかくすことはできないのでしょう。涙が湿度をあげたしめった空気は、私の部屋から階段をつたっていき、ゆっくりと二階のリビングへ降りていき、血のつながった者たちが、なんとなく鼻の頭のうえでその空気を察するのです。

5

奈世が出て行って五日後、まず最初に取りかかったのは部屋の掃除だった。夕方にドアが閉まって奈世の出て行く音をまどろみのなかで聞き、ちゃんと起きたのは夜。

それから一週間は家のことも奈世のこともなにも考えないようにして仕事に没頭し、またやってきた週末に家をぴかぴかに磨き上げた。

彼女が好きだった、出演者全員が騒がしいバラエティ番組も見なくなり、部屋には僕の好きな静寂が戻り、外を流れる川の音がより鮮明に聞こえた。

奈世のいなくなった部屋は、もともとは僕が一人で住んでいたにもかかわらず、妙にがらんとして、彼女のぬけがらがそこらじゅうに落ちている、雑然とした状態だった。掃除機で床のほこりを吸いながら、落ちている奈世のヘヤピンや長い髪の毛、メモのきれはしなどもいっしょに吸い込んでいく。ようやく部屋が、僕の思っている元の状態に戻り、気持ちは一瞬は晴れ晴れしたが、奈世の存在があらかた消えてしまい、呆然とする。二人で暮らしていた、あのささやかな努力と忍耐の積み重ねの毎日は、一体どこに消えてしまったんだろう。

三年間もいっしょに暮らしていたのだから探せば彼女の痕跡はいくらでもある。彼女の花瓶、届いたDM、二年前まで使っていた枕。こまごましたものを掃除中に見つけるたびに袋につめて部屋の隅っこに置いた。駅の遺失物係と同じ決まりにしよう、二週間経っても奈世が取りに来なかった場合は、すべて破棄する。

奈世のバスタオルが風呂の戸にかかったままになっていて、洗濯機に放り込む。洗面台の上から二段目の棚を奈世は開けるのを忘れていたようで、スプレー缶や大切にしていたはずの黒いリボンの髪どめが入ったままだった。

一緒に暮らしていたとき、ときどき奈世にはなにも見えてないんじゃないかと思った。彼女が掃除をしても、絶対にどこかがよごれたままになっている。片付けをしてもなにかが出しっぱなしになっている。いつもどこかにぬかりがあるのだ、掃除機をかけ忘れている部屋のすみ、茶しぶのこびりついたままの湯のみの底。彼女に直接注意すると、べつに怒って言ったわけでもないのにすごく落ち込んだ顔になり、一日中引きずっている。おかげでちょっと目についたところがあっても指摘できなくなってしまった。出ていくまえのもめたときにも家事のことを話したいというと、そんな小さなことばかり気にしないで、要は愛してるか愛してないかでしょと泣かれた。僕にとっては家事は小さな問題ではないのに。電子レンジは食べ物の分子構造を破壊するから、なるべく使わずに熱湯で解凍してほしいし、カーテンは月イチで洗うのが普通だ。

荒れていく部屋ほど僕のきらいなものはない。まず環境をクリーンにしなければ、とてもじゃないが考え事なんてできない。途中からは考えるというよりも、この混乱のなかで結論を出すのだけはイヤだと考えるようになった。だからただ嵐が過ぎ去るのを待った。過ぎ去ったとき、奈世はいなかった。決して奈世自身を嵐だとは思っていなかったのに。二人で足並みをそろえれば嵐は消えるはずだった。どちらかがいなくなれば消えるもののためだけに僕たちはがんばってきたわけではない。お互いがお互いを学ぶうちに良くなっていると信じているからこそ、僕たちは一緒に暮らした。

午前中いっぱいかけて片付けた部屋で、ゆでたニンジンとブロッコリと缶のコーンのサラダを作る。昨日会社の帰りに買った固めのパンは切り分けてトースターで焼いた。パン屋に寄ったせいで昨日はスーパーに行けなくなり、魚や肉など生鮮類の補充はできなかったが、夜はベーコンがあるから大丈夫だろう。一年前から夜には炭水化物を取らなくなった。会社の近くで昼食を取るとなると、どうしてもこってりした定食などを食べがちだからだ。まあ昼はそのあとに仕事でカロリーを消費するから高カロリーの食事は意味があるけれど、夜は食べたあとはテレビを見て寝るだけだから、将来の体型のことも考えたら、あんまり食べないほうが良い。そう思って始めた習慣だったが、腹は空くけれど消化にエネルギーを取られないのか、朝起きたときの身体の調子は以前より良くなっていた。

そういえば奈世が夜に、ご飯やらパンを食べているのも最近は見なかった。だからうちの炊飯器はずいぶん前から、うすくほこりをかぶって冷えている。僕に合わせていたんだろうか。フローリングの床は掃除機をかけたあと、マジックリンをふきかけてぞうきんでみがきあげた。茶しぶのついたコップやこがしたシチューかなにかがこすってもどうしても取れない食器は、キッチンハイターに浸けて、買ったころのような真っ白にもどす。

片付いた部屋は心を晴らさなかった。昼のテレビ番組の出演者のにぎやかな騒ぎ声だけが部屋に響く。ばかばかしい、とリモコンを取って消そうとするが、なぜか消せなくてそのまま見続ける。テレビを消せば、また向かいあいたくない何かと直接顔をつきあわせなくちゃいけない。

生活の実感がほしい。しかし片付いただけで奈世がいないこの部屋にも、結局生活の実感はない。余計なものがいっさい片付いたリビングで飲むコーヒーは、なぜか僕を住人ではなく客のような気分にさせる。軌道にもどった僕はまた宇宙のなか一つだけうかぶ恒星。一息つけてようやく生きている実感はわいたけれど、したいことが何もなくなった。しんとした気配はなんのバリアもない僕に容易にまとわりつき、浸透してゆく。

6

夜、晩酌中の父と話すのはきまって紘のことでした。親相手に失恋話なんてみっともないとわかっているのに、夜になると紘のことばかり考えてしまい、だれかにむかって吐き出したくなるのですが、ちょうどそのころ父はお酒を飲み、いいあんばいにできあがっているので、ついつい愚痴をこぼしてしまいます。いままではもちろん、父と付き合っている男の子について話したりしたことはなかったのですが、たとえば紘からちっとも連絡が来ないとぐちると父が、そんなやつほっとけ、と威勢のよい言葉を飛ばしたりしてくれるのが、なんだか元気が出るのでつい話してしまいます。

「紘は私と結婚するのが不安なんだって」

「なんだ、あいつがそう言ったのか」

「うん。紘は私がドジをしたり家事をさぼると本気で心配そうな顔になるの。しょうがないなあ奈世は、そこがかわいいんだけど、とか絶対思えないみたい」

「それじゃ無理だ。奈世はしょうがないところばっかりじゃないか。それが奈世の持ち味だ」

「だよねえ」

夕飯を食べ終わって、エビフライだったエビのしっぽを捨てるためにキッチンのごみ箱のふたを開けたときにふと思い出しました。

「こういうときに紘は不安に思ってたのかもしれないな」

「なんだって？」

「キッチンのごみ箱がぱんぱんになるとね、私、押したらまだ入ると思って新しいごみを古いごみのうえに乗っけて体重かけて押してたの。で、ごみ箱がごみでみっしり埋まるまで捨てに行かなかった。まえに紘がそんな私をなにも言わずにじっと見ていたことがあった。こまめにごみを捨てないがさつな女だって見抜いたから、紘は私と結婚したくなかったのかな」

「なに言ってんだ。しかし姑みたいなやつだな、あの男は。ふつう男のほうががさつで女の方がそれにいらつくんじゃないのか。うちもそうだろ」

「うちは逆だったの」

父の〝うち〟に対抗して〝うち〟という言葉を使ったけれど、紘と私との同棲生活に〝うち〟なんていうこなれた私的なまとまっている響きのある言葉は似合いませんでした。

「もっと生活に細やかに神経が使えるようにがんばったほうがよかったかも」

「反省の必要なんかない。相性が悪かっただけだ」

相性が悪い？　私と紘ほどおたがい愛し合ってるカップルなんていないのに。同棲してからは馴れ合いになってしまったけれど、出会いから一緒に住むまでの期間は、本当にただただ見詰め合って手をにぎりあっているだけで幸せで、休日はいつも二人きりでくっついてはなれずに生活していたのだから。私は友達の紹介で知り合った紘に一目ぼれして、一度目のデートで告白したのですが、紘は少しも驚かずに「なんだ、僕からもうちょっと後に言うつもりだったのに」と言って私の両手をにぎりしめたのでした。会った瞬間からすとんと、おたがい結ばれることを分かっていたのです。出会いから付き合うまでがあまりにも短かったせいで、お互いについてあまり知らず、付き合い始めてから苦労したとも言えますが、なにも話さないうちから友人越しに目を合わせただけで恋人になることを決めた二人が、相性が悪いわけはありません。でも愛と相性は別なのかもしれません。愛はなくても相性の良い男の人とは友達として付き合っていけるけれど、愛はあっても相性の悪い男の人とは、結婚しても二人とも苦労するだけなのかもしれません。

まだ紘とうまくいっていたころ、軽い気持ちで買って帰った結婚情報誌が、部屋の隅に置いたままになっていました。あのころとは正反対の、苦い気持ちを押し殺してページを繰りましたが、どんな男性と結婚すべきかという問題などもうクリアした人たちが読む雑誌なので、当然私の知りたいことについてはなにも特集が組まれていなかったうえ、花嫁たちのあふれる笑顔が満載のその雑誌は、いまの私がもっとも見てはいけない類のページばかりで、急いで雑誌を閉じました。

実家では私はなにもすることがなく、毎日、毎日、本当の休日です。母とショッピングに出かけて、いつも行っていた地元の百貨店でスカートを買ったり、自転車でお気に入りの川のほとりに出かけたりしました。ずっと住んでいたころには、あって当然と思い気にもしなかった自然の貴重さが、東京から帰ってくると分かりました。澄んだ水、きれいな空気、高層ビルではなく山の見える景色。退屈と呼べるほどの安心で世界が満たされていて、私は思わず川のほとりのベンチで寝そべります。

まるで時なんて流れていないかのように、いつまでも昔とおなじ風景。町の雰囲気って、石油みたいなものです。いくら新装開店のリラクゼーション施設を作っても、都市計画を進めて町をきれいにしたとしても、何年も堆積したものからかもしだされた、この私の故郷ののんびりした空気にはかなわない。この土地で生まれた人たちがこの土地で一生を暮らし、惜しげもなく時間をかけて作った、歴史あるのんびりさなのです。そんな土地にふりそそぐ陽光は、うまくできたたまご焼きのように、しあわせな黄色をしているものです。ただ夜だけはせつなくて、どうしてると訊く電話ひとつ、メールひとつ送らない絃がうらめしい。しかし私の方からかけれぱ、せっかく実家まで帰ってくることのできた勇気がすべてむだになる気がして、かけられませんでした。

かわりに以前私が東京のアルバイト先で出会い、私のことが好きだと言っていたけれど、私に絃という彼氏がいると分かると、まるきり連絡のなくなった男の子に電話をかけてみました。

「もしもしー」

彼が電話に出たとたん、後ろから聞こえてくるたくさんの人たちの声で、彼が外出していると分かりました。携帯電話はときどき哀しいものです。たとえそぐわない状況でも、人と人を簡単に、無理やりつなげてしまいます。

「元気にしてるかな、って電話してみたんだけど……。忙しそうだね?」

「あー、ま、ちょっと。飲んでるんだ、同僚と。めずらしいな、なにかあったのか?」

「ううん、特に用事もなかったから気にしないで。じゃあ、元気で」

「え、ほんとにいいのか? よかったら席外して、静かなとこ行くけど」

「うん、だいじょうぶ」

「そうか。じゃ、また俺からもかけるわ。ばいばい」

「ばいばい」

彼の声を聞いて彼への感情やアルバイト先での同じシフトの日をひさしぶりに思い出し、なるほど、相性は合っても愛はないという状況があるのだから、その逆が起こっても不思議はないなと納得しました。彼からの連絡はそのあともありませんでした。

実家に帰ってきて一月ほど経っても、朝起きると布団のなかで目をつむったまま、無意識のうちに耳をすませています。音を聞けば、紘がなにをしているかわかりました。テレビの朝のニュースのアナウンサーの声か朝シャワーの水音がすれば紘はまだ家にいます。リビングにもいない、台所にもいない、かすかに電動ひげそりの音が聞こえてくる、となると、居場所は洗面所です。そう思い当たると、いつもおなじ手順でひげを剃っている紘の鏡のまえの立ち姿がありありと目に浮かぶのです。

家がしんとしていると、寝過ごした！　といいようのない後悔に襲われます。もう今日は紘が会社から帰ってくるまで彼の顔も見れないし一緒にもいられない。いつも出て行くまえにまだ私が寝てたら、いってきますと声をかけてほしいと言っているのに、紘はいつも黙ってそっと出て行くから。ときどき見送りができない。

実家では耳をすますと、母親が洗濯機を回している音が聞こえます。振動までは伝わりませんが、洗濯ものを裏返す母の手つきとその横で稼働している洗濯機の様子が、頭に思い浮かびます。

十時ごろに起きて朝ごはんを食べたあとは、とくにすることがなくなって雑誌を読んだりしているのですが、自宅の外では確実に社会が今日も回っていると思うと落ち着きません。父は仕事、母もピアノの教室の先生として出かけてしまったあとは、家にいるのは私ひとりです。夜はどの人も仕事を終えて自由になるからいいけれど、大半の人が仕事に専念している昼は、なにもしていないと自分が社会からはぐれてしまったことを明確に思い知らされます。せっかくだから短い旅行にでも出ようかとも思ったけれど、いっしょに行けるほど友人もひまではないし、一人旅は性に合わないのでやめました。

一人旅は性に合いません。レストランで友達や恋人や家族とテーブルを囲む人たちのいるなかで一人でご飯を食べるのもわびしいし、しんとした旅館の部屋で一人で眠るのも落ち着かない。

一人旅がいやな一番の理由は、旅先でさびしいからだけれど、ほかにも平凡さがいや。旅に出て、スケールの大きい美しい景色を見て、感動して、現地の人々や同じように旅している人と出会い、旅の途中の独特の雰囲気にすっかり圧倒されて解放的にお酒を飲んだり、現地のおいしいものを食べる。どれだけへんぴな観光客なんてめったに来ないという場所に行ったとしても旅人のたどるコースはいつも同じ、日常から出発して日常を忘れ、また日常に戻ってくる。でも特別な体験をしたと思い込んでいるのは本人だけで、周りから見ればただ単にどこかに旅して帰ってきた人っていうだけ、というのがちょっぴりむなしい。彼らが知らなかっただけで、その土地は地元の人間にとっては見慣れた近所の土地であることも、なんだかこっけいです。

しかも一人旅だと人と連れ立って行く旅行よりもよりなにかを学びとらなければいけない感が強く、旅行に出かけるまえよりもちょっと変わった私にならなければいけない。

大学生のときに、一度目的地のない一人旅がしたいと思い立ち、おにぎりと卵焼きとソーセージをつめた簡単なお弁当を持って、一人暮らしの家を飛び出したことがありました。とりあえず館山行きの内房線に乗り、ぴんときて降りたい駅で降りようと思っていましたが、前情報のまったくない名も知らない駅にぴんとくるはずがありません。次々と変わっていく乗客に焦りを覚えながら窓の景色だけを見つめているうちに景色はどんどん田舎くさくなってきて田んぼと山ばかり、てきとうな駅でむりやり降りると、駅前のロータリーは閑散としていて日はもうすぐ沈むところでした。駅の周辺を五分ほどうろうろしたところで耐えられなくなり、またすぐに電車に乗って、帰途につきました。結局お弁当は、電車のなかでも人目が気になって食べられませんでした。

そして結局どこも行かず家にひきこもって、テレビばかり見ています。夕方ドラマの再放送を見ていると、中学生のころ学校から帰ったらすぐ制服を着替えてこの時間枠のドラマを毎日わくわくしながら見ていたのを思い出します。月曜日から金曜日までしかやってないから土日のあいだ待ち遠しかった。夜九時からやっている〝豪華な〟ドラマを夕方に見られるなんてお得。ポテトチップスと牛乳をテーブルの上に置いて。冬には毛布を肩までかぶって。ひとりっこでチャンネル権争いがないからいつでも見たいものが見れました。

あのころ、自分で決められるのは見たいテレビ番組のチャンネルくらいでした。中学校で六時間ないし七時間の授業を受けなければいけないことも、夜の十時半までには眠らなければいけないことも、朝ごはんをきちんと食べなくてはいけないことまで決まっていました。たしかにきゅうくつには感じていたけれど、でもいまみたいに大人になってからの、自分のことは自分で決めないとどんどんダメになっていくプレッシャーはなかった。なにもかも自分で決められるゆえ、その決断が間違っていれば他でもない自分が一番困る。子どものころのように、ルールを決めるかわりに自分を守ってくれる存在はもういない。

夏が終わり肌寒くなってきたころ、ようやく家に引きこもってばかりでなく、外にも出たいと思えるようになりました。同級生の友達で、町から出たり上京したりしているのは、ごく少数です。高校のときの友達は活発な子が多かったのですが、それでも町を出ているのは五人ほどで、大半は地元に残って働いています。うちは引越しすることもなく、私が生まれたときからずっと同じ場所に住んでいるので、ご近所さんともなじみ深く、私も連絡を取ろうと思えば幼稚園のころまでさかのぼって、小学中学高校と同級生だった友達に会うことができます。ちなみにいとこも同じ町内に住んでいて、中学まで学校が同じでした。

帰ってきたよと私がメールを送り、高校時代の一番の友達だった芽衣子《めいこ》に会うことになりました。場所は最近できたカフェだとかいろいろな提案が出ましたが、結局は高校時代から変わっていない、近所のファミレスに決まりました。

ひさしぶりに会った芽衣子は、太っても老けてもいませんでしたが、高校生のころは彼女の第一印象だった、よくしゃべるのに目つきがどこか自信なさそうなのが消え、口数が少なくなった代わりに微笑みをたたえた瞳は落ち着いていて包みこむようでした。

化粧もうすくなって、彼女本来の顔立ちが高校生のときよりも明確に分かりました。結婚したから変わったのかなと思うと、彼女からは私はどう見えるのかが気になってどきどきしました。

「やっぱりここだよね～、なつかしい。奈世は学校帰りにいつも、プリンパフェばっかり食べてたよね」

「なんであんなにはまってたんだろうね、自分でもよく分からないよ。私、ここ来るのは本当に高校生のとき以来だな。芽衣子は旦那さんとここに来たりはしないの？　家も近いし」

「私も高校のとき以来来てないな。でも来るようにしようかな、やっぱりいいね、ここ」

「落ち着くよね。ねえ、結婚してから何が一番変わった？」

芽衣子は去年に結婚したばかり。大学時代からずっと付き合っていた人で、私も何度か会ったことがあります。

「なんにも変わらないよ～。付き合って一緒に暮らしてたころと同じ」

「そう？　でも気持ちがラクになったりとか。逆に安心しすぎて恋人気分が消えたとか」

「ううん、なにも変わらない。付き合ってたときのままの生活が続くだけ。同じようなもの食べて、同じことでもめて、まあ同じくらい幸せ」

変わらないのか。自分の同棲生活を思い出してちょっとぞっとしました。そりゃそうです、結婚したからといってレベルアップの効果音が鳴って私たち二人を赤いハートマークが囲んで二人の生活がラブラブになるわけではない。結婚してもいっしょにいるのはあくまでいままでと同じ二人、結婚したからといってどちらかが生まれ変わるわけでもお金持ちになるわけでもないのです。

でも私には〝結婚すれば、なにかが動いて二人の目盛りがカチリと合い、いまよりはきっとうまくいくにちがいない〟という希望的観測が頭からこびりついて離れません。

「そんなこと聞くなんて、奈世はもうすぐ結婚するの」

のんびりした声で聞いてくるところはたしかに昔とは変わっていないけれど、結婚という言葉をまったくの日常の言葉として使えるところが上級者です。

「うーん、それがさ、うまくいかなくて」

私が紘とのことについて順を追って話していくと、芽衣子はいまいちぴんと来ない様子で、まあ急がずにゆっくり考えて結論を出したらいいんじゃないと、紘と似たようなことを言うばかりでした。周りから見ると、私はよっぽどあせっているように見えるようです。

「そろそろ帰るね、私。買い物行かなきゃ」

芽衣子がそう言って席を立ちあがろうとしたときに、彼女が私とはもう全然違う時間の過ごし方をしていることを思い出しました。

「うん、わかった。今日はありがとう」

「奈世も出る？」

「ううん、つぎの待ち合わせの時間まで、ここにいる」

待ち合わせの予定なんて無いのに、口ごもりながらそう言って腕時計を見ました。

「わかった！　じゃあね」

帰る芽衣子に笑顔で手をふったあと、彼女が店から完全に出て行ったのを確認してから、周りを見回しました。客層がいつの間にか奥様がたから学校帰りの高校生にチェンジしています。あと一回だけフレーバーティーをおかわりしてから帰ろうとドリンクバーまで歩いていくと、ハンバーグ定食を運ぶウェイトレスとすれ違いました。

そのうち芽衣子は子どもが産まれて母親になり、こうして会う時間さえ取れなくなるかもしれません。彼女が子育てする時間を私はどう過ごすのでしょうか。たとえなにをしていたとしても、赤ちゃんを育てること以上に重要な仕事は、存在しないとも思います。

たとえば男の人が結婚してから、妻の話題になるたびに顔をしかめたり、お荷物や足かせみたいに言うのを聞くたびに結婚しない方がましだと思っていました。男の人が冗談で、または親愛の証《あかし》で貶《けな》す言い方をしているのだとしても、それこそ身内で貶し合ってなにが楽しいのでしょう。おたがいこの人しかいないと思っている夫婦どうしでいたい私には、こんな馴れ合いに馴れることはなさそうです。自分がすごく幸せに感じている結婚をもう一方が墓場だと思っているなら、こんなむなしいことはない。

男の人が首輪をつけた犬で私が鎖をしばりつけた杭になる、そんな関係性を築いたところでなにがうれしいのか、さっぱりわかりません。いまでもそう思っています。でも気が付けば私はいつも紘をつかまえておきたい顔つき、紘はいつも逃げたそうな顔つきになっていて、自然に望まない関係になっていきました。こわくなんかなりたくないのに。ティーカップのなかのアップルフレーバーのティーバッグを揺らすと、淡い赤い色が透明の湯のなかに広がっていきます。

ある日頭が痛くなるほど昼寝したあと、川まで散歩しようと夕方に家を出ると、家の近くのふみきりで、近くの駅から出てきた仕事帰りの人たちが、大勢ふみきりが開くのを待っていました。彼らといっしょに並びながら、私は自分ひとりだけにせもののような気がしていました。私以外の人たちは今日という日をついさっきまで働いて過ごし、疲れているのに、私は今日という日をいま始めたばっかりで、しかもこれからも働く予定はないのです。にせものだってばれないかが不安で、周りを見回してしまいます。まっとうな一日を過ごした彼らと一日中なにもしなかったぐうたらな私とでは、多分夕陽の見え方も違うのでしょう。

私は人生をさぼっている。

ふみきりが上がり歩き出した人たちの足取りは、家に帰るという目的がはっきり決まっているせいか迷いがないのに対して、私はなんだか元気がなくなり散歩をあきらめてコンビニに行こうか、それとも当初の予定通り川まで行こうか迷い、ふみきりをわたろうか迷い、引き返そうか迷い、靴を履いた足のつま先があちこちに向きました。大好きな川に元気づけられたくもあったけれど、いまぼうっと一人で川なんか見ていたら、いまよりさらにニートな気持ちが高まりそうで、結局コンビニにだけ行くことにしました。道を歩いていると向かいから歩いてきた男の人が私を注視している気がして、日が落ちてけっこう暗くなってきた道で遭った男に対する警戒心が入り混じって、ポーチをしっかり持って、眼鏡をかけた顔をうつむかせて早足で男のよこを通りすぎました。

うつむいたまま自分の胸元に目をやったら、はすがけにしていたポーチのひもがブラウスのボタンにこすれてボタンが外れて、ブラジャーのピンクのフリルが少し外へはみ出していました。さっき通りがかった男の人が見ていたのはこれだったのかもしれない。決してエッチな視線ではなく、好奇心と呆れの入り混じった、なんだあいつはという視線でした。ボタンをかけ合わせて胸元をぎゅっとつかんで歩いたけれど、コンビニに寄りたい気も失せてそのまま家に帰りました。

同棲していたときは毎日作っていた料理も母の元へ帰ってきた途端作らなくなります。毎日ついつい甘えて三食全部、母の手作り料理を食べていました。

「今日は私が作るよ。ぎょうざでいい?」

ねぎとひき肉と白菜としその葉で餡を作り、市販のぎょうざの皮で包んでいくと、餡が先になくなり、ぎょうざの皮が十枚ほど余りましたが、中華スープを作るときにワンタンとして使うため、捨てずに冷凍庫で保存しました。ぎょうざの皮にピザソースとチーズを乗せてオーブントースターでこんがり焼けば、おかし代わりの小さなピザにもなります。

「おっ、うまいじゃないか。奈世は料理の腕が上達したな」

「ぎょうざなんて誰でも作れるでしょ。具を練って皮で包むだけなんだし」

「でもよくできてるよ。母さんの味にそっくりだ」

「そりゃそうでしょ、お母さんのやり方を真似てるんだもん」

紘はよほどうまくできていないと、おいしいとは言わないので、ひさしぶりの賛辞は私を喜ばせましたが、ただ両親には申し訳ないけれど、少し物足りない。私がこのぎょうざを食べてほしかったのは、彼らではないなと心の片隅で思ってしまうのです。

うん、おいしいね、と紘なら三口めを食べたあたりで言います。彼も彼なりに、まだ結婚していないのに料理が出てくるのが、当然と思っている亭主のようになることを避けていたのか、かならず味わったあと感想を言いました。出来がよくないときには、ふき出して笑いながら、ちょっとべちゃっとしてるねこの炊き込みご飯などとやんわり注意してくれたものです。口うるさいなんて思いませんでした、もっとがんばろうとも別に思わなかったけれど。手作りの料理を囲む、紘と私の二人の雰囲気が大好きでした。食事中ほとんど会話がないことに悩んだこともありましたが、いまではあの静謐な空気がなつかしい。

「だいぶ元気そうになってきたな。新しいボーイフレンドでも見つかったか」

「まだ紘とは別れてないよ」

父はするめにマヨネーズを付けながら眉根を寄せました。

「そう思ってるのはおまえのほうだけだ。ほら、これまえに言ってた取引先の食品会社。資料もらってきた」

父はソファの脇においてあったファイルから、どこかの会社の建物の写真が表紙のパンフレットを取り出して、テーブルのうえに置きました。

「いい歳して無職なのも、アルバイト暮らしも手持ちぶさただろ。取引先で社員の枠がひとつ空いていると聞いたから、おまえのこと、売りこんでおいたぞ」

「うそでしょ。まだやるなんて言ってないのに」

「時間をもて余して、暇そうじゃないか。田畑くんのことで頭をいっぱいにするより、働いていた方が気分転換になるし、将来のためにもなるだろう」

「とりあえず、考えておくね」

「おまえ選り好みしていちゃいけないぞ。もう、新卒なんてトシじゃ全然無いんだからな」

「もう、一言多い！　ちゃんと分かってるから」

父の言うとおり、地元で就職するというのも選択の一つでした。でもなかなか地元で就職することを思いきれない自分がいます。ここで就職してしまえば、紘とも東京とも、完全に縁が切れてしまう。それは自分の人生ではない気がする。

「奈世ちゃんはピアノを弾くのが得意だったし、児童館の経験で子どもの扱いも慣れているだろうから、保母さんになったらいいんじゃないかしら」

「いまから資格を取って面接に行くってこと？　なんか遅くない？　保母さんってもっと若い人じゃなかったっけ」

「でも迷ってるうちに、どんどん保母さんにそぐわない年齢になるわよ」

「お母さん、ちょっと待って。私、保母さんになりたいかどうか、まだ全然分かんない」


紘はいま、どうしているんだろう。きっと、いまも私と一緒に住んでいたころと少しも変わらずに会社に通い続けているのでしょう。私が紘に多大な影響を受けていて、紘次第で生活がまるきり様変わりして、住む場所まで違ってしまったのに対して、紘は、それとこれとは別で、という感じで私とのことにはまるきり影響を受けずに今まで通りの生活をしていそうです。私がいてもいなくても紘が変わらないのは、なんだかくやしい。

家族のあたたかみが恋しくて逃げ帰ってきた故郷は、逃げ帰った私を想像以上に癒してくれたにもかかわらず、ここ最近になってまた私は紘や東京のことばかり思いだしています。故郷で暮らすことは私の人生でもともと決まっていたことで、紘と東京で暮らすことは私が自分の意志で既存の人生から抜け出すことでした。秤にかけると等しく同じ重さで大切なのですが、片方しかないとどうしてもさびしく、わびしいのです。ただ欲張りと言ってしまえばその通りですが、どちらも私の生きがいに影響しています。私は二つの都市のはざまで、どちらにも満足できないまま、どちらかにいればどちらかをなつかしがって、浮遊しています。

7

ぜいたくを言うと、ばちが当たる。

就職活動のとき、そんな心境だった。僕が大学四年生のころは就職氷河期と言われた超就職難の時期で、テレビでも頻繁に就職できない学生のドキュメンタリーを流していた。就職活動まではどこか他人ごとだった実社会の重圧は、就職活動を始めたとたん一気に自分の身にふりかかってきた。

もう選ぶのではなく選ばれる時期だ、と就活生はささやきあった。就きたい職種だとか労働条件だとかを細かく提示する学生は、世の中のきびしさを知らない、まだ学生気分が抜けない、自分の実力を客観視できずに高望みをする人間として、結局どこからも選ばれない。自分の要求をつきつけるのではなく、世の中の状況に合わせるのがかしこいやり方だ。これから出ていく社会というところは甘いものではない。まだブラック会社という言葉が流行るまえの、どんな会社でも就職できれば幸運という時代だった。

でも本当に四の五の言ってられなかったのかどうかは、いまでは分からない。風潮に押し流されてやたらとあせっていただけの気もする。あのときちゃんとあせったからこそ、いまこうして働けているんだと自分を納得させる反面、あのときもっとじっくり考えていたらどうなっていたかも疑問が残る。もっとよく考えるべきだったのかもしれない、いまの会社で電子部品の営業をする仕事が、僕の本当にしたかったことなんだろうかと、ときどき思う。

朝九時前に出社して昼までは、取引先にメールを返し、昼には営業所から取引先へ移動して、午後いっぱい商談をする。取引先が多い広島や名古屋まで行って商談をして日帰りする日も多い。商談では取引先に部品の実物を見てもらったり、サンプルを持っていったりする。入社当時は覚えることがたくさんあったけれど、まだ新人として先輩に甘えていられた。でもいまは以前とおなじくらい覚えなければいけないことがあるにもかかわらず、売上規模の大きい案件もいくつか抱えているせいで、責任も重く、頭から煙が出そうなときもある。入社当時には考えられなかったことだけれど、いまは帰ってきてからも仕事のことを考えるのが苦じゃなくなってきた。オンとオフの区別をきっちりつけなくても、あまりストレスがたまらない。

最初のころは小さな失敗一つでも取り返しがつかないと思ってたけど、最近はあらゆる事が平気になってきた。気持ちを切り替えるのと、必要以上に反省しないのを守っていれば、過去の失敗やくやしさはなるべく早く忘却でき、未来の新しい仕事だけを見つめ続けられる。

ときどき高校のときの友達と飲みに行くと、働いていなかったり職を転々としている人間が多く、そこそこ大きな企業に就職して、転職もせずリストラもされずにいままで働いてきた僕は、冗談まじりでエリートだとか出世株だとか言われる。謙遜しながらもやはりそう言われるのはうれしい。

でも〝この会社での仕事はおれのやりたいことじゃない〟と確信して転職した友達が、いまの職場は給料は安いけれどやりたいことをやることができて満足、などと言っているのを聞くと気おくれする。

やりがいって、なんだよ。そんなのなくても、会社には通えるだろ。

ときどき浮かび上がる疑問にふたをしながら、朝起きるとまた会社に行く。仕事へのやりがいや興味がなくても、会社には通い続けられるということを、ここ三年ほどで知った。まったくむなしいとは思わないけれど、考えないようにしてることも確かだ。考えすぎてなにかに気づくことも、気づいたことでなにかを失くすことも、僕は望んでいない。

奈世がいなくなってからは、やたらとテレビを見る。夜が長くなったからだ。なぜだろう、奈世とはあまり会話をしたり、二人でなにかしたりしなかったのに。ただいっしょに部屋にいただけなのに、明らかに流れる時間の早さがいまと以前では変わっている。以前は二人でぽりぽりと食べつくしてきた時間を、まるで急に僕一人で全部食べなきゃいけなくなったみたいに、もてあましている。業務内容うんぬんより、毎朝起きて会社に行くこと、結局それが一番難しい。朝には食べたい朝ごはんのために起きる。バターをぬった食パンに、フライパンで焼いたハムを乗せるのが一番好きなメニューだから、朝起きたとき悲しい気持ちにならないようにハムとパンだけは絶対に切らさずに、会社帰りのスーパーで買い続けている。

奈世がいなくなって生活がシンプルになり、仕事以外の自由時間は日常のなかで定期的に繰り返すことのできる楽しみだけが僕を支えている。だけ、と言っても不満はない。欲を言えばもう少し起伏が欲しいけれど、もっと過酷な労働条件で休みなく働いている人間もいるのだから。月曜日には会議がありそのプレッシャーで月曜日が嫌いになりかけていたけれど、夜に新ドラマの続きを見ることを楽しみにするようになってからは、月曜日が来るのもそれほど嫌じゃなくなった。奈世は僕がドラマを毎週見ていると知ったら驚くだろう。彼女が家にいたときはドラマなんて絶対に見なかった。

そのうち楽しみが月曜日だけでなくほかの曜日にも欲しくなって、ＤＶＤを借りるようになった。映画でも観るかとレンタルＤＶＤを借りに行き、ＤＶＤを借りたり返したりしているうちに、家と店のあいだを走って移動するようになり、いつのまにか走るのがメインになった。

走り始めてもう三か月、ずいぶん基礎体力がついてきて、始めは息が切れて歩いた部分も多かった十キロのランニングコースを、いまでは一度も足を緩めずに走りきることができる。川に沿って走っていると、だんだん息が上がって頭がさえて、余計なことを考えずに自分の息遣いだけを聞いている。川のせせらぎが耳に心地よく、汗を流し始めた身体のほてりを鎮めてくれる。寒くなってきたけれど、縮こまるのは家から出た直後だけで、あとは走れば次第に暖かくなる。どんなに外側に着込むよりも身体の内から暖かくなることがこんなに心地よいものだといままで知らなかった。

信号を渡ってランニングのルートにもどろうと建物の角をまがったとき、太った中年の女性の乗った低スピードの自転車が僕に当たりそうになった。

「おお、あぶない。どっちに行くか、分からなかったから」

もう少しで自転車のタイヤを僕の脇腹にぶつけそうになった彼女が、謝りもせず非難がましい大きな声で言う。僕はとくに彼女には話しかけず無表情でまたルートに戻って走ったけれど、じつは腹が立っていた。

いくらあの女性が僕より年寄りで体力がないとしても、自転車に乗っていて僕にぶつかったら、あっちが加害者で僕が被害者だ。おばさんという人種にはいらいらする。いつでも自分がか弱い被害者だと思っているから。数人でかたまって道のまんなかでしゃべっていたり、人通りの多い道で横着をして自転車を押さずに遅いスピードでふらふら乗っていたりする。すみませんどいて下さいと声をかけると彼女たちは、まるでひったくり犯がか弱い自分に近づいてきたかのような、おびえの混じった表情で、やはり謝りもせず道をよけるのだ。十分強そうなのに、自分たちのことをか弱いと信じ込んでいるところ、そして迷惑をこうむっているのはこっちなのに若い男というだけでこっちが加害者あつかいされる。年齢はいっているのに、全身を羽毛で覆われている、むくむくのひな鳥。

奈世も年を取れば、おばさんになるのかな。いや、ならないだろう。彼女には恥じらいがある。たとえ自分が損をしても、あつかましいことだけはしない子だった。

結婚をしたがっているのは、心のどこかでずっと気づいていた。ずっと見て見ぬふりをしてきた。でも奈世はこの間ついに爆発してしまうまで、僕の気持ちが動くのをずっとおとなしく行儀よく待っていた。

そんなことをなんとなく考えながら走っていると、いつものランニングルートを終えてうちに帰りドアを開けても、奈世はもういないことが、急に実感としてわき上がってきたのだ。この三か月のあいだ、奈世は常にいなかった。なのに急に、奈世がもう本当に僕から離れていってしまったのだと実感した。

奈世がまっすぐ僕の顔をあおぎ見て微笑んでいた姿はまだもちろん僕の頭に残っていていつでも思い出せたのだけれど、それはもう消滅してしまった星の光が、何億年もかけていま地球に届いているのと同じ、タイムラグの起こした錯覚だった。いきなり彼女の不在がリアルに僕の日常に浮かび上がってきて、恐怖に飛び上がりそうになった。もう会えないのかもしれない。当然だ、彼女は出て行った、僕が手を離した。でも心のどこかで、そんなことはありえないと思っていた。あまりにも当たり前に彼女は長年となりにいて、それが普通だったから。

走るスピードをゆるめずに、道端にあった公衆電話ボックスに入った。走るのにじゃまだから携帯は持ってきていない。百円玉を入れ暗記している奈世の携帯電話の番号をプッシュするけれど、つながらなかった。家に帰ったあとも、携帯から何度も何度もかけなおしたけれど、僕の声はどこにも届けられない。

8

夕方公園を散歩していたら、スカートから伸びた脚が縮こまるほど冷えて、急いでうちに帰り、早めのお風呂につかりました。熱くさらりとした一番風呂で十分暖まったあと部屋に戻ると、携帯に絃からの着信が何件も入っていました。

驚いてかけ直すと彼は怒っていて、私はなんのことかさっぱりわからずに、ただ三か月ぶりの絃の声に息すら止めて耳を澄ませていました。

「いきなり出て行くなんて、失礼だと思わないか」

私が出て行ってから、もう季節もすっかり一つ変わるほどの時間が経過したのに、絃は昨日私とけんかしたみたいに怒っているのです。

「ひさしぶり。どうしたの、いきなり。元気にしてた？」

「元気じゃないに決まってるだろ、いきなり出て行って、連絡もよこさずに。どうするんだよ、これからずっとこのままで良いと思ってるのか」

「荷物のこと？　ごめんね、放置しっぱなしで。もし良かったら送ってくれるかな」

「ってことは、本気で出て行ったのか。もう戻ってくるつもりはないのか」

紘はいままで聞いたことがないほど、驚きと悲しみのまじった感情的な声でそうつぶやき、私は戸惑いました。

「荷物のこととか、出て行くこととか、もう一度考えなおしてほしい」


紘との電話を切ったあとも彼の意図が分からず、でも興奮していました。どうしていまさら怒っているんだろう、置いていった荷物のなかになにか紘を怒らせるものがあって、それを見つけた紘が腹を立てたとか？　私はほとんど毎日つけていた日記帳を同棲していた部屋に置いてきていました。それとも私が出て行ったままなんの連絡もしなかったから、失礼なやつだと腹を立てていたのが、ついに限界がきたとか？　すぐに芽衣子にかけ直して、さきほどの紘との会話を説明しました。

「なんだか訳が分からなかったんだけど、どういう意味だと思う？」

「良かったじゃない、奈世とやり直したいんだよ。離れていて、ようやく奈世への自分の気持ちに気づいたんじゃない？」

「えー、三か月も経ってから？」

「時の流れは人によって違うからね。田畑くんにはそれくらいの時間が必要だったんじゃない」

「でも困る。私、もうあきらめていたのに」

口ではそう言いながらも心が急に軽くなって、電話を切って二階へ降りると、電話中何回か私の名前を呼んでいた父が顔をしかめて私を待っていました。

「長電話だな。だれと話してたんだ」

「紘だよ。あと芽衣子と」

「なんで田畑くんがまだ電話してくるんだ」

「だって私たち、まだ別れたわけでもないし」

顔がにやけそうになります。電話で紘は私をまた家に戻らせようと必死でした。奈世が勝手に出て行ったからいままで気持ちの整理がつかなかったなどと最初のうちは怒っていましたが、だんだん、とりあえず会って話そうとなり、必要なら僕がそっちに近々行くから、とまで言っていました。

「別々に住んでるのにか。おまえ、別れるって言ってたじゃないか、ちょっとあっちが連絡してきただけで、もう自分の意見を変えたのか」

「別れるなんて言ってない。別れるしかないかもなあ、とは言ったかもしれないけど」

さんざん今まで父にぐちを言ってきたものの、やはり恋愛話を親とするのは気恥ずかしく、私はもう話を切り上げたくなりました。

「まあいいじゃん。で、なに」

「夕飯だよ。早く食べないと、さめるぞ。まったく、だから何度も呼んでたのに」

はぁいと返事してテーブルに座ろうとすると、食器ぐらい運びなさいと母に叱られました。自分のご飯をよそって席に着くと今日の夕食はカキフライです。

「おまえ、就職のことは考えたか」

向かいに座る父が茶碗のご飯を食べながら聞いてきます。

「考えた。で、いまは決められない」

「なんだって。早く返事しないと先方だっていつまでも待ってちゃくれないぞ」

「それなら、見送る」

「なにを悠長な。次から次へ良い話が舞い込んでくる身分じゃないんだぞ、おまえは」

「それを言ったら、結婚相手探しにも悠長なことを言ってられる年齢でもないんです、私は」

「奈世ちゃんはまだ結婚にあせる年じゃないわよ。まだ二十六歳じゃない」

カキフライを取り分けている母がのんびり言います。

「世間の人はどう思うかっていうより、私のなかで、遅いの。お母さんだって二十三歳で結婚したじゃない」

「時代が違うわよ。今は女の人も働く時代なんだから、社会に出てから結婚しても遅くはないでしょう」

「そんなこと言って、私が三十歳になるころには、そろそろ結婚したほうがいいんじゃない、奈世ちゃん、なんて言い出すんでしょ」

「まさか言うわけないでしょ。三十歳なんてまだまだ若いじゃない」

「じゃあ三十五歳になったら？　四十歳になったら？　もうのんびりしてるひまないわよ、赤ちゃんが生めなくなるわよ、って急かすんでしょ。どうして私がお母さんの体内のアラームに沿って結婚する時期を決めなきゃならないのよ。しかもそんなに簡単に適切な時期に合わせて結婚なんかできないよ」

「奈世ちゃんこわい。お母さんに詰め寄ったってしようがないじゃないの」

母がとなりの父に寄りかかるようなしぐさをしました。頼れる男の人がすぐそばにいるのがうらやましくて、思わず母に嫉妬しました。

「だってお母さんがいい加減なこと言うから。私にいつまでもこの家にいられたら、それはそれで困るくせに」

「そんなことないわよ。ずっとここにいてもいいのよ、奈世ちゃん」

私はもう娘という年じゃなく、新しい自分の家庭を作ってもおかしくない年齢なのに、また娘に戻らされる。からみあう見えない網のなかにとらわれて、息苦しくなります。

といっても、両親がまだ両親でいてくれることに、私はどれだけ助けられているか。泣きながら帰る場所を両親が用意してくれていることに、私は救われています。両親とももう高齢、むしろ私の方が二人を気遣わなくてはいけないのに、二人は私をあくまで娘として扱ってくれます。感謝の気持ちを忘れてはいけない、けれど、食事をしているさいちゅうも私は自分の部屋に置いてきた携帯に、また紘の着信が入らないかばかりが気になりました。


紘はつぎの日も夜に電話をかけてきて、私は迷った末に出ました。いま鳴り響いている着信音が途切れる瞬間の、心の痛みに耐える自信がなかったからです。

「いや、とくに用はないんだけど。もうすぐ奈世の誕生日だろ。どうやって過ごすのか、教えてくれるかな」

「こっちで過ごそうと思ってるけれど」

「そっか。もしよかったら、僕にも祝わせてくれないか。そっちに行くから」

「本当に来てくれるの」

「うん、迷惑でなければ。できるだけ早く起きて、新幹線で行くよ」

昨日三か月ぶりに紘の声を聞いて、私も紘ももうお互いに対して不満を持っていないことが分かりました。話していない間に、とっくに許し合っていました。なぜ許したかというと、相手への腹立ちより相手に会えないことが純粋にさびしいという気持ちのほうが勝っていたからです。話し始めのとき紘は怒り気味で、なぜ怒っているのだろうと不思議になりましたが、芽衣子の話や、今日また彼が電話をかけてきたことなどに鑑《かんが》みると、あれは彼なりの甘えの表現だったのでしょう。願いを聞いてくれない母親に子どもがだだをこねる、そんな感じです。

二回目の電話ですでに、私たちは三か月ぶりとは思えないほど打ち解けて、こっそり身を案じていた相手の変わらない声を聞くたびに、ほっとした暖かい気持ちになっていました。

彼と一緒にいるだけでは飽き足らず、彼と結婚しなければ幸せになれないと思い込んでいた自分が、強欲だった気さえしてくるほどです。欲は状況によって、とても簡単に水位が変動します。水面に浮かんだアヒルのおもちゃは、海ほど水が多ければもちろん浮きますが、かと言って栓を開けてしばらくたち、お湯があらかた抜けた湯船にも、黄色いおしりを浴槽の床にこすらせながら、かろうじて浮きます。紘と話すことによってお湯はほんの少し足されただけでしたが、心のなかでアヒルのおもちゃはぷかぷか浮いていました。

9

とうとう紘がやってくる。自分の意思で、私の故郷まで。結婚なんてどうでもいいくらい、彼が来るという事実がうれしい。約束の日の朝、鏡のまえで化粧していると、着飾ることが、めかすことが、また以前のように一人の男の人のためにする作業になったことに、ほっとしました。特定の人ではなく、だれか分からない、不特定多数の人たちのためにメイクアップするのは、おおげさに言うと全方位に媚《こび》を売っているようで、心もとない気持ちになります。自分を良く見せるためにではなく、彼に良いと思ってもらうために引く口紅は、なんて充実してるんだろう。化粧すること、着飾ることすべてが、一つとして無駄ではない作業となって朝の鏡のまえの私を喜ばせる。紘が装った私をきれいだと思ってくれますように。

待ち合わせ場所はうちの近くの川のほとりの公園にしました。喫茶店のほうがいいかもと私は提案したのですが、紘がきゅうくつではない、外の方が良いというので、のどかで広い静かな公園を指定したのです。

いちょうやもみじではなかったのですが、公園はちょうど名前を知らない木々が紅葉していて、葉の先端だけが感じやすそうに赤く色づいて、冷たい秋風に敏感にそよいでいました。家から自転車で十五分くらいのこの公園は、小学生のころによく友達と行った場所でした。本当は私は新幹線の駅まで紘を迎えに行きたかったのですが、彼が奈世が一番落ち着く場所で待ち合わせしたいと言ったので、この公園を選びました。朝が早いせいで子どもはいなくて、町内のご老人たちがゲートボールをしていました。犬を散歩させている人もいれば、走っている人もいます。紘は一人浮いた雰囲気で、どこか疲れた表情でベンチに座っていました。

心臓がすっと冷える心地と、時間を手動でたぐり寄せているような不思議な感覚を同時に味わいながら、用心深く彼に近づきました。

彼は私に気づくと、なんともいえないやさしげな、なつかしそうな顔つきになりました。

「奈世。ひさしぶり。元気だった？」

「元気」

言葉を交わすと混乱が過ぎ去り、私の感情は平常そのものでした。逆に紘のほうが喜びが外ににじみ出て、高揚しています。それは私にとってうれしい感覚でした。紘が目の前にいるのに舞い上がらない自分が、少し誇らしいくらいです。

「奈世。抱きしめてもいい？」

「それはちょっと」

「そうか。ごめん」

「ううん」

黙りこんだ私たちの横を自転車が通り過ぎていき、私と紘はまるで学生が自主制作したドラマに出演しているかのよう。でもドラマにしたら陳腐で見飽きたシーンでも、実際に実人生で自分が演じることになると、非常に真剣になります。

「紘、やせた？」

「いや、特に。奈世は少し……ふっくらした？」

「した。というより、元にもどったの。東京にいたときは、やせすぎていたみたい。こっちで病院に行ってから分かったんだけど、神経性胃炎になっていて」

「実はおれも身体おかしくなってた。奈世と住んでたとき」

「髪の毛。目立たない場所だったけれど首の付け根のところがちょっとはげてた。髪切ってもらってる美容師さんにみつけてもらったんだ」
「うそ、どこ？」

彼が寝ているときにたしかにうすくなっているところを発見したことがあって、ここ毛が薄くなってない？　と聞くと紘は、そこはもとから毛が薄いように見える場所、生え方の問題だと言ったのです。私はそれを信じて、そういえば昔から紘は首の根本だけ毛が薄い気がしてそれからはまったく気にしなくなった。でもそうか、紘も私と住んでいたことがかなりストレスだったんだ。でも身体の異変に気づいても私みたいに相手のせいにしたりせずに内緒にして、一人でずっと耐えていたのです。

紘が遠慮がちに手を差し出し、拒否はできず握りかえしました。なつかしい体温にふれて今度こそ舞い上がってしまうかと思ったけれど、やはりそれでも私の心はあっさりしていました。紘が私を思い出してくれた。もうそれで、十分です。いまならきれいに別れられる気がする。またこれから二人でやり直すとなれば、つらいこともたくさんあるだろう。長く続いた同棲生活のなかで、私たちがいっしょに住むパートナーとしてはお互いあんまり向いていないことは分かっています。

いまなら立ちつくす紘を置いて、ふりむきもせず去っていけるかもしれない。ほら、やってみて。同棲の部屋から出て行ったときの勇気をまたふるい起こして。ここで終わったほうが、お互いに幸せ。

でもじっさいの自分は紘と手をつないだまま、びくとも動こうとしないのです。心と身体が分離している。なんだか変だ。私は冷静なつもりでいるだけで、実際はものすごく動揺しているのではないかと疑りだしたときに、紘が私の手を離しました。

「これ」

紘が紙袋から出したのは、小ぶりなバラの花束でした。じつは話しているさいちゅうも、紙袋の開いた口からは赤い花弁が覗いていて気にはなっていたのですが、じっさいに紘に照れながら手渡されると、ああやっぱり私へのプレゼントだったのだと実感がわきました。

「ありがとう」

力を込めすぎずに花束を抱き、繊細な花々に顔を近づけると、いつか私が婚姻届といっしょに買ったスミレの花束がバラの花束に成長してもどってきてくれたような気がしました。

「本当にありがとう。まさか今年の誕生日を、紘に祝ってもらえるとは思わなかった」

「結婚しよう」

目のまえが真っ白になる。完全に動揺しているのではなく、頭のどこかではその言葉の意味を完全に理解していて、最善のリアクションで応えようとめまぐるしく頭を働かせているのだけれど、同時にいま聞いた言葉におどろきすぎて信じられなくもある。

「ほんとに？」

「うん。これ」

紘がまた紙袋に手をつっこんで出したのは、気恥ずかしいほどにまばゆい純白の小箱で、開けると、別珍の灰色の指輪ケースが入っていて、そのまたなかには私がいままで見たこともないような大きいダイヤの粒がついた婚約指輪が入っていました。

「私は紘の結婚相手にふさわしいの」

「ふさわしい」

「離れていたのにふさわしいって分かったの」

「離れてたから分かった。奈世がいないと、おれはさびしい」

「ぼんやりした不安は？」

「正直まだある。でも奈世を失いたくないから。明日、奈世の誕生日に入籍しよう」

周りの景色が色づいて生まれ変わっていく。風に吹かれて、公園の木々がザアと立てる音さえ、心を波立たせる。ひからびていた紘を好きという気持ちが水でもどした乾燥わかめのようにみるみるうちにうるおいをとりもどして、心をすきまなく埋めていきました。

「奈世とはずっと一緒にいたいって、気づいた。それが奈世と離れているあいだに出した答えだ。でも、だからと言って結婚というのは違う気もする。でもそれしか方法がないのなら、そうしようって感じかな。いや、そうしたい」

歯切れが悪いのが気になって、いまいち夢見心地になれないけれど、言いかえてみれば紘が現実的に考えているということで、一時の感情に流されたのではないというわけで、男の人にはそれくらい冷静でいてもらったほうが頼りがいがあるかもしれません。

とにかく、彼の出した今回の結論に私は満足でした。

「紘もよく決心がついたね。なにがきっかけだったの」

「へんにおびえる気持ちを取りのぞいたんだ。僕は奈世といっしょにいたい。その思いに素直にしたがって結婚することはなにもおかしなことじゃない」

「そうだよ。未来がどうなるかなんてだれにもわからないんだから、とりあえずいまのおたがいの好きっていう気持ちを尊重して結婚するのは、ぜんぜん間違ってないよ」

「そうだな。連帯保証人とは違うからな」

小さな声だったけれど紘は確かに、自分に言い聞かせるようにそうつぶやきました。

「え、なに？　どういう意味」

「いや、なんでもない」

　自転車を押して絃といっしょに家まで帰ると、絃には家のまえで待ってもらって、大急ぎで中へ入りました。

「お、奈世。誕生日プレゼントな、お父さん考えていたんだけれど、おれのセンスで選ぶよりもおまえが好きなもの買ったほうがいいだろう。お父さん車出すから、来週末お母さんもまじえてモールにいっしょに買いにいかないか」

　日曜日なので父はゴルフの練習から帰ってきてひとっ風呂浴びたところで、上機嫌でビールを飲んでいました。

「やだ、お父さん、おかしい」私は意味もなく笑ってしまいます。

「ん？　上限は二万円までだぞ。お父さんから一万円、お母さんから一万円てことで」

「いいの！　プレゼントはもうもらったから。とびっきりのやつ！」

　紙袋から花束を丁寧に取り出して父に見せたあと、私は二階への階段を駆け上がりました。

「奈世ちゃん、お帰りなさい。昼ごはんできてるよ。今日はおそばよ」

「ごめん、食べない。それよりお母さん、荷造り手伝って」

「荷造りって、どうして」

母は薬味のねぎを洗うのを中断して、手をエプロンでふきながら私のそばに寄ってきました。

「紘がわざわざここまで迎えに来てくれたの。なんでだと思う？　プロポーズのためだよ！　今日、彼といっしょに東京へ帰るね」

自分の部屋へ入り、三か月前紘の家を出たときに使ったスーツケースを、クローゼットから引っ張り出して、下着や衣類などを詰めこみます。必要最低限のものを持って出てきたはずなのに、三か月のあいだにまた荷物が増えて、とてもじゃないけれど一度では持っていけません。あとで残りの荷物を送ってもらう必要があります。

「田畑さん、来てるの」

「うん、いま家のまえにいるの。なかへ入れようか迷ったけれど、片づけてもいないのにいきなりお客さんが来たら、お母さんもお父さんもイヤでしょ。あ、お母さん、段ボール箱ってある？」

服をスーツケースに押し込みながら母を見上げると、母はこわばった、緊張している顔つきで私を見下ろしていました。

「どうしたの、お母さん。そうだ、よかったら紘にあいさつしてきてよ。会うのひさしぶりでしょう」

「やめておくわ。私いま、田畑さんには会いたくないもの」

「どうして」

母はなにも言わずに階下へ降りていった。

へんなお母さん。いきなりで会う準備が整ってないから、いまはどうしてもいやだったのかな。でもしょうがないじゃない、紘はサプライズで来てくれたんだから。

残りの服をハンガーから取り外していると、あわただしく階段をのぼってくる音がして、母が一階でテレビを見ていたはずの父を引き連れてもどってきました。

「奈世！　おまえまた東京にもどるって本当か。おれは許さんぞ」

「お母さん、お父さんになんかへんなこと言った？」

赤い顔をして仁王立ちになっている父の権幕に驚いて母に尋ねると、母は首をふります。母もきびしい顔をしています。

「お母さんはなにもへんなことは言ってない。事実を聞いただけだ。田畑くんが来たんだろ。ムシのいい男だ。ずっとなにも音沙汰がなかったくせに、ふらっと一度来ただけで奈世を連れもどそうとするなんて」

「ちょっと待って、誤解だよ。前言ったでしょ、私たち電話で話して仲直りしてたの。別れたわけじゃないって言ってたでしょ。紘は私がいきなり出て行ったことがどうにも許せなくて、私に連絡をとるまでに時間がかかったんだって。でもいまは私とやり直して、しかも結婚しようって言ってくれたの」

私があれほど望んでいた結婚という言葉を手に入れたと聞けば、私に同情してくれていたはずの父は少しは喜んでくれるかと思ったけれど、父は鼻で笑っただけでした。

「結婚？　ばかばかしい。一緒に暮らすことさえできなくなったカップルが、いきなり結婚してうまくいくか。奈世も奈世だぞ、同棲生活がうまくいかなかったと泣きながら、あれだけやつれて帰ってきながら、田畑くんがちょっと来ただけで、しっぽふってついて帰るとはなにごとだ。おまえがいま元気なのは実家に帰ってきたからだぞ。東京にもどって田畑くんと生活しはじめたら、また元のもくあみだ」

「たしかにあれだけ紘のことで相談に乗ってもらってたのに、いきなりこんなことになれば、本当に大丈夫なのかと心配されて当たり前だと思う。でも私たち、もう一度やりなおせるよう、がんばってみるつもりなの。私たちにとってこの三か月は、自分自身やおたがいのことを見つめなおすために必要な期間だったの」

「田畑くんが戻ってきたからって、急に都合よく考えるのはやめなさい」

「わかったから、もうちょっと声小さくして、落ち着いて。紘に聞こえるかもしれないじゃない、家のすぐ前で待っているんだから」

「聞こえたところで全然かまわない。それに、奈世の方こそ落ち着きなさい。まず荷造りをやめて、そして田畑くんには一旦一人で東京に帰ってもらいなさい。話はそれからだ」

　結婚しよう、と言ったときの紘のおだやかな顔つきが思い浮かびます。私のために決意をかためてくれた彼。彼の背後に流れていた私の故郷の川の音も。純白の小箱に入った婚約指輪の、陽を浴びてとけかかった雪の結晶のようにぬれぬれと輝いていた一粒のダイヤも。今日、紘と私にしか起こせなかった奇跡。いっしょにいてもいつも心がすれ違っていた私たちがぴたりと合わさった、はじめての記念日。明日は私の誕生日、入籍の日。変更できるはずがありません。

「お父さんごめん。考え直すことはできない。私は紘といっしょに帰る」

「今日を逃せばまただめになるかもしれないと考えているからだろう」

　父の言葉にどきりとしました。父はじっと私を見据えています。

「いいか奈世、結婚はいまがチャンスと焦ってするものじゃない。ほんとに合っている二人ならもっと、自然に、とてもスムーズに、結婚まで至るものなんだ。不安も焦りも、もちろん裏切りもない。拍子抜けするほどおだやかに、まるで当然のように付き合いから結婚へ流れていくのが、結婚する運命の男女だ。父さんたちもそうだった、おまえのお母さんと大学生であったとき、結婚することに迷いなんか一つもなかった。友達もいとこもスムーズに結婚まで至った奴らはたいていいまでも仲良くやってるけれど、結婚のときにもめた奴らは大概離婚している。二人の関係がもっとどっしりしているカップルこそ、結婚してもうまくいく可能性がある。残念だが、おまえと田畑くんにはそれがない。おまえたちはこのままでは、絶対にうまくいかない」

「うまくいかないなんて、決めつけないでよ！」

一番言われたくない言葉を言われて私は逆上して父より数段大きな声を上げました。

「なんて言われても出ていくからね。紘が明日、私の誕生日に入籍するって言ってくれたんだから」

怒りと興奮でわななきが止まらない手で、私はまたしゃがんで荷造りの続きを始めた。

父は仁王立ちで私を見下ろしています。

「おれは反対だ。どうしても結婚すると言うなら、おまえと田畑くんに関する一切のことにおれはかかわらない」

「どういう意味」

「たとえば、結婚式には行かない」

父のその言葉が雷になって脳天につきささり、頭の電源が落ちて、スーツケースにつっこんでいる自分の手元が見えなくなりました。

「ねえ、お母さん、お父さんを止めてよ。まさかお母さんもお父さんと同意見なの」

「奈世ちゃん、お母さんもお父さんもあなたのことが本当に心配なのよ」

私の結婚式に両親が来ないなんて。小中高大の卒業式や入学式、学芸会やおゆうぎ会はもちろん、習い事だったスイミングスクールの毎月の記録会にまでそろって来てくれた両親が、私の一番の晴れの日には出席しないなんて。

「いいよ、じゃあ来なければいい。そのかわり結婚したあともうお父さんとお母さんとは、いっさい交流なくすからね。私はもう、あなたたちの娘じゃないから」

赤い顔をした父に手を上げられそうな気配を感じて私はスーツケースの口を急いでしめて抱え上げると、階段を下りて洗面所へ入りました。涙で熱くゆがんだ視界のまま、もはやなにが必要最小限いるものかもはっきりわからずに、とりあえずコンタクトレンズのケースと眼鏡だけを取ってきてスーツケースのなかへ放り込み、玄関で靴を履きました。

二階から降りてきた両親はもう私を止められないと悟ったのか、なにも言わず、母は薄着のまま出ていこうとする私に、自分のコートを羽織らせました。父はいままでに見たことがない、はっきりと傷ついた表情をしていて、もっとうまくできなかったのか、なぜこんな顔をさせてしまったのだろうと強烈に悔みました。

「じゃあ、もう帰らないから」

「出ていけ！」

父のどなり声に押し出されて、ドアを開けて外へ出ていきました。

門のまえには家のさわぎがある程度聞こえていたらしい紘が顔を蒼白にして立ちつくしていました。

「なにがあったの」

「大丈夫だから、行こ」

父があの調子のまま家から飛び出て、紘までどなりつけたら大変です。私は紘の手を強引に引いて、駅前まで行くバスのでているバス停までの道を、スーツケースを引きずりながら早足で歩きました。

バス停についてから後ろをふりむきましたが、だれも追ってこなくて、代わりに紘が歩いてこちらに向かっていました。

「なにがあったんだよ、奈世」

「両親に紘といっしょに東京に帰って結婚することに反対された」

「どうして。僕じゃ頼りないっていうのか。少なくとも僕は、君のご両親にとがめられるような人生は送ってない」

紘の顔色が変わり、私はあせりました。

「ううん、そんな大げさじゃなくて、ただ、私たちがうまくいかないんじゃないかって心配してるみたい。ほら、私が実家に帰ってきちゃったでしょ、そのせい。でも大丈夫、落ち着いてゆっくり説明したら、きっと分かってくれるはず」

「いま戻って、話をしなくていいのか」

「うん」

笑顔を作り紘に向けると、紘は落ち着きのない、不安げな表情をしていました。

「なんて言って反対されたの」

「うまくいかないから帰ってきたのにまた行くのかとか、まあそういうこと。両親は私たちのこと、よくわかってないから」

「そうか。なら、やっぱりもう一度考え直したほうがいいかもな。奈世のお父さんがあんなに腹を立てていたなんて知らなかった。解決してから旅立った方がいい」

「本気で言ってるの？」

気持ちがいっきにしぼみます。絃はやはり、押しが弱い。なにか一つ不安があると立ち止まって考えますが、それは思慮深いのとはまた違います。見えない鎖にがんじがらめになり、動けなくなるのです。男らしくひっぱっていってくれればいいのに、というのは、そもそも結婚には乗り気ではないのに私のためにとふみきってくれた彼には、望みすぎでしょうか。

「指輪までくれたのに、どうしてそんな簡単に結婚をあきらめられるの」

「あきらめるとは言ってない。もちろん僕もしたい、いつか、将来的には絶対に。ただ、いますぐじゃなくてもっと考えてからでもいいかもしれない。きみの家族のこともあるしね。もっと慎重に、いろんな点をじっくりと。急ぐ必要はないんだから。やっぱりもうちょっと話し合わないと。お互いの思っていることを正直に」

なにか相手に望むものがあるとき、はたして人は正直になれるものでしょうか。私はにっこりしました。

「それならぜひ、今教えてよ。絃が気に入らないとか、不安に思ってる私の部分って、どんなところ？」

「いや、今はいい」

絃の顔には見慣れた、気難しい表情が浮かんでいます。あまりに懐かしく、代わり映えのしない表情なので、ひどいデジャブに頭がくらくらしました。私たちは話し合いや歩み寄りに途方もない労力を注ぎ込んできたけど、結局はずっと同じ場所で踊り続けているのではないか。永遠に続くマイムマイム、パートナーの交代もないまま、私たちは深刻な表情でエンドレスのメロディに乗って単調な身ぶり手ぶりで踊り、キャンプファイヤの火が消えるのを待ち続ける。

「奈世は僕に言いたいことないの？」

「え？　ないよ。私は紘が紘のままで大好きだよ」

「そうか？　このまえ、細かすぎるとか言ってただろ」

細かい部分もひっくるめて愛しい、と言いきりたいものの、うそくさく響くのが恐くて口に出せません。

これまで私は紘の几帳面さ、几帳面ゆえにちょっと不器用にさえなっている部分を、自分にはない要素として愛していたのでした。でもいまは正直、その自分にはない要素がキツいなと思っています。

「まあどちらにしても、結婚する前にそこらへんはすっきり解決させておかないと」

ようやく気づきました。紘は私が結婚後に得たいと思っている落ち着きを、結婚前に得たいのです。私が結婚という区切りをつけてから始めたいもろもろのことを、紘は結婚前からすることで、これからの生活が大丈夫だと確信して安心したいのです。これは男女の考え方の違いによるものなのでしょうか、それとも私と絃にだけ起きた考え方の違いなのでしょうか。二人ともずっと一緒にいて幸せになりたいという思いは同じなのに、そこにたどり着くまでに歩みたい道がちがう。どちらかがちょっとでも譲る気持ちがあれば解決しそうなささいな問題に見えるけれど、じつは根が深く、なかなかお互い簡単にはゆずれない。自分の意見が正しいから押し通したいだとかいう理由ではなく、二人ともその方法でしか結婚に向けて歩めないところが問題。大切なことがらに関して食い違う私たちは、お互いを責めることもできず途方にくれた瞳で、どこにも進めずに見つめ合うしかない。

でも少なくとも〝いま〟は共有することができる、こんなに近くで見つめ合うことも、できるのだから。

しばらくして来たバスに乗って座席に並んで座ると、ようやく絃と二人きりになれた気がしました。絃と私は一か所だけでもすごく合っているところがあると思いたい。それは愛情です。お互いがお互いを好きだという点だけが、奇妙にも一致しているのだから、その最初で最後の一致点だけは大切に守っていきたいものです。

「愛情だけって。やっぱり永遠の恋人どうしコースなのかな」

「なんか言った？」

「ううん、なんでもない」

家がどんどん遠くなっていくのと同時に、私が出ていくと言ったときの両親の顔が思い浮かんで胸が痛みます。二人とも私が突然帰ってきたときには、あんなにあたたかく迎えてくれた。それなのに私は絋にプロポーズされたからって舞い上がって、なんの未練もなく家を飛び出た。父と母はもう若くはないのに、いつまでも子どもっぽい娘にふりまわされてかわいそう。

父も母も私情から結婚に反対したのではなく、私のためを思い、心配してああ言っているのだということは分かっていました。申し訳なさや後悔や未練がつきまとい、ちっとも気持ちが晴れないのに私はバスを降りようとはしない。理性よりもっと強い力が私を押さえつけていて、絋から離れようとしない。でもすべては言い訳です。たとえいまの私が理性ではなく本能で動いていたとしても、もちろんそれも私自体なのです。

「絋」

「ん？」

「やっぱり明日入籍するっていうのは、やめておこうかな。もう少しじっくり考えた方が得策かも」

「わかった。僕もそれが、いいと思う」

私がもたれかかっている紘の全身が、ほっとして弛緩したのを感じました。

父に〝絶対にうまくいかない〟と決めつけられた結婚を押し通すなんて、私にはできない。紘も心の底ではまだ時期は早いと思ってるみたいだし、いっしょに住んでもう少しがんばれば、みんなの気持ちも変化していき、きっとうまくいくはず。

とじかけていたまぶたを、ゆっくりとひらきます。

あともう少しがんばれば、幸せになれるかもしれない。でも愛や結婚は、あともう少し、と努力するものでしょうか。さきほどの父の言葉が思い出されます。私だって、うまくいくなら父の言うように、自然に、とてもスムーズに、紘との道を歩みたかった。でもうまくいかないから努力してきた。しかし、その努力は本当に必要だったのでしょうか。そしてこれからの努力も。最初に紘に抱いた〝好き〟という気持ちがゆっくりとすり減っていくだけなのではないでしょうか。でも私はがんばらなければ気が済まないのでしょう。だって、好きなのだから。こんな、どこかで諦めながらもがんばらざるを得ないという状況が存在することを、私はいままで知りませんでした。自分の意志ではなく、執着や激情に自分の身体が引きずられてゆくこんな感覚を、私は本気で恋をするまで味わったことがありませんでした。

「ううん、このまま駅まで行く。私、紘と帰る」

「どうする？　降りる？」

となりの彼にしっかりしがみつき、肩に頭をもたせかけると、忘れていたなんともいえない気持ちよさが、うすく暖かい膜になって私の全身を包みます。考えてみれば将来を案じるせいで、心晴れずに過ごした無為な現在がどれだけあっただろうか。もう成長しているのに、昔のままの小さい服をやむを得ず着続けているのだから、苦しくて当然だと思っていたけれど、間違っていたかもしれない。いまこの瞬間の幸せを、大事に。優先座席に座ったおばあさんが咳をしました。隣に座る夫らしいおじいさんは、なにも声をかけませんが、顔を上げておばあさんを見守っていました。

リアルタイムで起きているときの輝きを、はっきりと目を開いて見つめることが大切。ひざの上に置いた手の薬指には婚約指輪が、バスの窓からの陽を受けて、溶けかかった雪のように輝いています。この指輪が将来どんな意味を持つのかと考え出すとまた不安になりますが、少なくともいまは、間違いなく輝いているのです。

紘の顔を見上げると、彼は浮かない表情をしていて、私が見つめていることにも気づかずに窓の外を見つめています。もし紘が私の視線に敏感で、すぐ気づくような人であれば、私は彼を好きになっていなかったかもしれない。絡み合ってほしいときに絡まない視線、その胸の締めつけられる切なさを愛したことも事実なのです。

結婚とも愛ともまったく関係ないところに、恋人の体温とバスの揺れの心地よさは存在していました。昨日は終わった、明日はまだ来ない。だからとりあえず、今日だけ。いまだけ。絃といて、何年付き合ってきたかという過去も、いつ結婚するのかとあせる未来も考えずにいられたのは、付き合い始めたころしかありませんでした。でもいまはあのころに帰ろう。ひさしぶりにいまこのひとときにだけひたっていると、身体じゅうがほぐれて眠くなり、自然にまぶたが、甘く重く瞳にのしかかります。

解説　裏切ることば

阿部公彦

読者の中には、誤解している人もいるかもしれない。すべてがその中には詰まっているのだと……弱冠十七歳での華麗なるデビュー、容姿端麗、頭脳明晰、あふれる才能。彼女の本を手に取れば、そんな香気の一端を味わえるのではないか、と。

いや、小説ってそんなものじゃないでしょう、と否定したいところだが、ちょっと待てよ、とも思う。そんな虚像が出回っていることは作家本人も重々承知なのだ。「綿矢りさ、結婚！」は即座にメディアのトップニュース。イメージは依然として肥大しつづけている。そうした現実をすべて引き受けた上で、なお、負けずに
ちゃんと小説家であるとはどういうことなのか。そこにこそ作家の挑戦がある。そして『しょうがの味は熱い』にはその秘密がぎっしり詰まっている。

本書に収められた二篇の連作の筋立ては、一見、きわめて地味なものだ。描かれるのはカップルの同棲。メーカー勤務の絃の家に奈世が転がりこむ。絃は今一つ仕事がうまくいっていないが、辞める決心はつかない。奈世との関係は、はじめからあったずれが

だんだんと顕在化しつつある。奈世の方はぴたりと紘に寄り添おうとするが、「こんなに近くにいるのに、近くにいる気がしない」などと思う。そして、ついに奈世は「この部屋を出て行こう」という決心をするが……という展開だ。

派手な出来事があるわけではない。せいぜい置き忘れたヘアピンが錆びてシンクが汚れたとか、男が「家賃、はらって」と言ったとか、喧嘩した後、女が実家に戻ってちらし寿司を食べたとか、お父さんの昔のベッドカバーが青かったとか。

でも、だまされてはいけない。

奈世というこの主人公、かなり変な女である。紘を見つめる目にも、世界との付き合い方にもただならぬものがある。不穏なものがある。ただ、その不穏さは激しい情念となって外にあふれ出したり、暴力的に読者を呑みこんだりするものではない。

だから、注意しないとだまされる。

たとえば奈世は、紘のほくろを背中から太ももへ、そして尻へと眉ペンでつないでいくなんていうことをする。かわいいものだ。「隣に紘がいるのに、紘に会いたい」なんて思うのも切なくていい。「紘が生きがい」なんて口走って相手が引くのは、自分の気持ちの扱いで精一杯な証拠。相手が見えていない。でも、それが恋というものだ。

ところが、少しずつ「おや？」と思うことが増えてくる。もともと奈世は観察する

「目」ばかり先走って、身体の方がなかなかついてこない人。そんなずれの隙間から、はっとするような一節が生まれる。

　飽きたり飽きられたりすることにおびえるなんて、贅沢すぎるね。冷めた愛情というのは、まだ腐っているわけではないのに、それほどにまずい食べ物なのだろうか。ごみ箱にすぐ捨てちゃってもいいくらいに？

　これ、よく考えてみると誰が考えたことなのだろう、と思う。たぶん奈世なのだろう。何と言っても奈世は食べ物の喩えでものごとを整理するのが得意だ。紘が焼き魚を「発掘家」みたいにほじくったり、グレープフルーツの皮を一筋も残さず剝いたりするのをじっと見つめ、そこに紘らしさを確認してうっとりする人なのだ。

　でも、だんだんと奈世が、奈世以上の人になっていくような気もする。自分は紘の足首に「ゾンビ」みたいにしがみついているのだという奈世は、何かがおかしいともわかっている。そうして、え、奈世ってこんな人だったのかと思うような、どきっとするようなことを言う。

やっと自分専用の水飲み場を見つけて、飲んだ水が指の先の細胞まで行き渡ってもまだ、涙となって外に流れ出てもまだ、顎を上向けたまま蛇口の下を離れずにいた。飲みこぼした分が内股で座っている脚を濡らしても、周りが呆れて誰もいなくなっても、身体が冷たくなってもまだ動かない。まだまだ飲みたりないのに水は枯れてきて細くなり、一滴でも逃がさないように舌をつき出している。

たいしたことは起きていないのに、この波乱ときたらどうだろう。まるで奈世自身のことばが奈世を更新していくうちに、小説があらぬ方向に迷いこんでしまったかのようだ。想像と妄想と現実との境目がはっきりしなくなってくる。

でも、ここでも油断してはいけない。

綿矢りさは裏切りの名人だ。うっとり幻想にひたらせてくれなどしない。わかった気になどさせてはくれない。いつも居心地の悪い違和感が差しこまれるのだ。ちょうど、寝入りばなの紘が、奈世によっていやらしく起こされつづけるように。

綿矢りさをきちんと読むためには、ことばの端々にうめこまれたそういう違和感にいちいち反応する必要がある。そこを読みたい。たとえば紘の寝姿の次のような描写は、うっとりできる「いい話」とも読める。

絃は上掛けをだんごに巻きつけていくのではなく、眠りながらよくこんなに器用にできるなと感心するほど、逆円錐状に身体に沿って巻きつけていくので、足の方が先細りで腕も肩も隙間なく包まれている。彼の後ろ耳、エジプトのミイラみたいに布の巻きついた身体のなだらかな曲線、本当にかすかな寝息。

でも、絃を愛おしむような奈世の「目」が、「逆円錐状」なんて表現を使い、いつの間にか絃を「ミイラ」に仕立てあげているのはどうだろう。病気だと困るからいびきをかいたらおこしてくれ、と絃に頼まれたのに、「私はいびきをかいているぐらいの方が彼が生きていることが分かって嬉しいので放っておく」というのはどうだろう。そういう描写の直後で、「沸騰したら紅茶茶碗に注いで、カモミールのティーバッグを溶かす」なんていう一節があると、「溶かす」という語の微妙なずれに、わけもなくヒヤッとしたりする。

ここではいったい何が起きているのだろう。奈世はわかっていない、鈍い、と絃は思っている。奈世の方は、絃が自分と同じものを見ていないと寂しく思っている。典型的な男女のすれ違いだ。でも、それだけではない。奈世の「目」は愛情にあふれ、これでもかと絃にまとわりつくけれど、そこには愛で盲目になっているのとはちょっとちがう、冷たい目が紛れこんでいる。にもかかわらず、彼女が絃にこんなふうにしがみつくというのは何だか妙だ。そこが怖い。そして、すごく魅力的でもある。

絃とは違い、奈世はふたりのベッドでもよく眠れる。「絃が眠ってしまったこの世界にはもう何の用もないことを、身体が知っているせいだ」という。そして、そんな奈世に対し、起きがけの絃が吐くのが、この小説の数少ない大きな出来事の一つ、「家賃、はらって」の一言なのだ。その皮肉なインパクトときたら……。

奈世、すごいなあと思う。参りました。絃はまな板の鯉だ。

前半の「しょうがの味は熱い」はそんなふうに終わる。さて、二篇めの「自然に、とてもスムーズに」。これから奈世はいったい絃をどうしてしまうのだろう。固唾を飲んでページをめくる。

しかし、ここでも私たちは裏切られる。

奈世はすっかり心を入れ替えたのか、妙に愛想がいい。さっきまでの内へ、下へと内向していくような語り口とは打って変わり、ですます調が軽快だ。これまでの奈世は絃をじっくり見る分、読者とは目も合わせないような人だったのに、こんどは「ねえ、聞いてくださいよ」と言わんばかり、熱のこもった口調でどんどんしゃべる。

でも、この「どんどん」がくせ者だ。ですます調によって解放されたことばは、するするっとにこやかでなめらかだが、決してゆるくなったわけではない。「絃、結婚してください」と婚姻届を突きつけられて絃が怯えたふうになると、奈世は「彼はこんなにも身内な私から、一体何を守りたがっているのでしょうか」などとさらっと言ってのける。関節がぐいっとやわらかく締め上げられる感じ。その威力は相当なものだ。

いよいよ別れ話の場面。出来事の少ないこの小説の数少ない「山」、いや「丘」くらいなのだが、せいぜい婚姻届に勝手に名前を書いたの書かないのという程度の話なのに、絶妙の書きぶりでことばがするするっとつながり、目のまわるような展開感が生まれる。

こうして彼を追いつめるたびに、私は彼のその決して大きくはない小ぶりな愛情のかたまりを、かつおぶしのようにかんなで勢いよくけずっています。でもどうしても、自分を止められないのです。(中略)

左腹の下の部分が痛みはじめました。最近ストレスがかかる度に痛みが走り、お腹がゆるくなります。身体の内側から喉にむかって、すきま風の通り抜ける音が聞こえて、耳をすますとそれは風ではなく、私自身の泣く声でした。

はっとするところだ。このことば、いったい誰が語っているのだろう。奈世のことばは――そして時折挿入される紘の語りもそうだが――自らを裏切る。奈世も紘も、そうやって自分自身のことばによって書き直され、作り替えられていく。それもこれも物陰に隠れた冷たい目が、彼らの見ている以上のものを見つづけているからだ。

あともう少しがんばれば、幸せになれるかもしれない。でも愛や結婚は、あともう少し、と努力するものでしょうか。

終わり近くにこんな一節がある。何の変哲もないことばと思えるかもしれないが、この作品をずっと読み進めてここにたどりつくと、クラクラッとするほどの衝撃を受ける。不思議だ。それほど凝った表現ではない、冷蔵庫の残りもののようなことばなのだが、それが翼を生やして飛び始める。まさに小説の醍醐味だ。

大きな年譜だけを見ると、デビュー以来、順調に作品を発表してきたように見える綿矢りさだが、ところどころに沈黙の時期がある。この沈黙はまさに「金」だと思う。作家はどのように書かないかによって、つまり沈黙のとり方によってこそ成長し、変貌を遂げる。

考えてみれば『しょうがの味は熱い』に収められた二つの短篇は「文學界」二〇〇八年八月号、二〇一一年一月号の掲載だから、間が二年以上あいている。もちろん、その間に作家が完全に沈黙してしまったわけではなく、別のものを書いていたわけだが、少なくとも『しょうがの味は熱い』を書く綿矢りさ」にはある時期、長い沈黙があった。その沈黙ががらりと語り口の変わる、しかし、たしかに通ずるところのあるこの連作に結実した。

裏切りは、こうして時間の経過によって引き起こされる。時間がたつうちに何かが変わってしまうのだ。同棲するふたりの気持が刻々と変化するように、綿矢りさの作品世界でもことばは変化し、心変わりする。物語の進行とともに、ことばがことばを裏切り、語り手を裏切り、作家を裏切る。冒頭で触れたように、作家綿矢りさの〝虚像〟を否定するのは簡単だが、そんなことよりも、そもそも作家というのは虚像と格闘するのが仕事だということを思い出すほうがずっと大事ではないかと思う。

（英文学者）

初出
しょうがの味は熱い　「文學界」二〇〇八年八月号
自然に、とてもスムーズに　「文學界」二〇一一年一月号

単行本
二〇一二年一二月　文藝春秋刊

文春文庫

しょうがの味《あじ》は熱《あつ》い

定価はカバーに表示してあります

2015年5月10日　第1刷
2022年11月15日　第3刷

著者　綿《わた》矢《や》りさ
発行者　大沼貴之
発行所　株式会社 文藝春秋

東京都千代田区紀尾井町3-23　〒102-8008
TEL 03・3265・1211(代)
文藝春秋ホームページ　http://www.bunshun.co.jp
落丁、乱丁本は、お手数ですが小社製作部宛お送り下さい。送料小社負担でお取替致します。

印刷・凸版印刷　製本・加藤製本
Printed in Japan
ISBN978-4-16-790360-2

（　）内は解説者。品切の節はご容赦下さい。

夏目漱石
こころ　坊っちゃん
青春を爽快に描く「坊っちゃん」、知識人の心の葛藤を真摯に描く「こころ」。日本文学の永遠の名作を一冊に収めた漱石文庫。読みやすい大きな活字、詳しい年譜、注釈、作家案内。（江藤　淳）
な-31-1

夏目漱石
吾輩は猫である
苦沙弥、迷亭、寒月ら、太平の逸民たちの珍妙なやりとりを、猫の視点から描いた漱石の処女小説。滑稽かつ饒舌な文体と痛烈な文明批評で日本中の話題をさらった永遠の名作。（江藤　淳）
な-31-3

長野まゆみ
鉱石倶楽部
「葡萄狩り」「天体観測」「寝台特急」「卵の箱」——石から生まれた美しい物語たちが幻想的な世界へ読者を誘う。ファンタジー短篇「ゾロ博士の鉱物図鑑」収録。著者秘蔵の鉱石写真も多数掲載。
な-44-2

長野まゆみ
フランダースの帽子
ポンペイの遺跡、猫めいた老婦人、白い紙の舟、姉妹がついたウソ、不在の人物の輪郭——何が本当で何が虚偽なのか。消えゆく記憶の彼方から浮かび上がる、六つの物語。（東　直子）
な-44-6

長嶋　有
猛スピードで母は
母は結婚をほのめかしアクセルを思い切り踏み込んだ。現実にクールに立ち向かう母の姿を小学生の皮膚感覚で綴った芥川賞受賞作。文學界新人賞「サイドカーに犬」も併録。（井坂洋子）
な-47-1

長嶋　有
タンノイのエジンバラ
「なんか誘拐みたいだね」。失業中の俺はひょんなことから隣家の娘を預かるはめに……。擬似家族的な関係や妙齢女性の内面を芥川賞作家・長嶋有独特の感性で綴った作品集。（福永　信）
な-47-2

中村　航
赤坂ひかるの愛と拳闘
北海道からボクシングチャンピオンを。その夢を叶えたただ一人の男・畠山と、ボクシング未経験の女性トレーナー・赤坂ひかるの、二人三脚の日々。奇跡の実話を小説化。（加茂佳子）
な-52-3

（　）内は解説者。品切の節はご容赦下さい。

世界の果て
中村文則
部屋に戻ると、見知らぬ犬が死んでいた――。奇妙な状況におかれた、どこか「まともでない」人間たちを描く中村文則の初短編小説集。5編の収録作から、ほの暗い愉しみが溢れ出す。
な-69-1

惑いの森
中村文則
毎夜1時にバーに現われる男。植物になって生き直したいと願う青年。愛おしき人々のめくるめく毎日が連鎖していく。あなた自身も知らない心の深奥を照らす魔性の50ストーリーズ。
な-69-2

私の消滅
中村文則
心療内科を訪れた美しい女性、ゆかり。男は彼女の記憶に奇妙に欠けた部分があることに気づき、その原因を追い始める。Bunkamuraドゥマゴ文学賞を受賞した傑作長編小説。
な-69-3

李陵《りりよう》　山月記《さんげつき》
中島　敦
人生の孤独と絶望を中国古典に、あるいは南洋の夢に託した作家、中島敦。「光と風と夢」「山月記」「弟子」「李陵」「悟浄出世」「悟浄歎異」の傑作六篇と、注釈、作品解説、作家伝、年譜を収録。
な-70-1

劒岳〈点の記〉
新田次郎
日露戦争直後、前人未踏といわれた北アルプス、立山連峰の劒岳山頂に、三角点埋設の命を受けた測量官・柴崎芳太郎。幾多の困難を乗り越えて山頂に挑んだ苦戦の軌跡を描く山岳小説。
に-1-34

冬山の掟
新田次郎
冬山の峻厳さを描く表題作のほか、「地獄への滑降」「遭難者」「遺書」「霧迷い」など遭難を材にした全十編。山を前に表出する人間の本質を鋭く抉り出した山岳短編集。（角幡唯介）
に-1-42

芙蓉の人
新田次郎
明治期、天気予報を正確にするには、富士山頂に観測所が必要だ、との信念に燃え厳冬の山頂にこもる野中到と、命がけで夫の後を追った妻・千代子の行動と心情を感動的に描く。
に-1-43

（　）内は解説者。品切の節はご容赦下さい。

新田次郎
ある町の高い煙突
日立市の「大煙突」は百年前、いかにして誕生したか。煙害撲滅のために立ち上がる若者と、住民との共存共栄を目指す企業。今日のＣＳＲ（企業の社会的責任）の原点に迫る力作長篇。

に-1-45

西村賢太
小銭をかぞえる
金欠、愛憎、暴力。救いようもない最底辺男の壮絶な魂の彷徨は、悲惨を通り越し爆笑を誘う。表題作に「焼却炉行き赤ん坊」を加えた、無頼派作家による傑作私小説二篇を収録。（町田　康）
に-18-1

西村賢太
芝公園六角堂跡
狂える藤澤清造の残影
惑いに流される貫多に、東京タワーの灯が凶暴な輝きを放つ。何の為に私小説を書くのか。静かなる鬼気を孕みつつ、歿後弟子の矜持を示した四篇。巻末には新しく「別格の記」を付す。
に-18-5

西川美和
ゆれる
吊り橋の上で何が起きたのか――映画界のみならず文壇でも注目を集める著者の小説処女作。女性の死をめぐる対照的な兄弟の相剋が、それぞれの視点から瑞々しく描かれる。（梯　久美子）
に-20-1

西川美和
永い言い訳
「愛するべき日々に愛することを怠ったことの、代償は小さくはない」。突然家族を失った者たちは、どのように人生を取り戻すのか。ひとを愛する「素晴らしさと歯がゆさ」を描く。（柴田元幸）
に-20-2

西　加奈子
円卓
三つ子の姉をもつ「こっこ」こと渦原琴子は、口が悪く偏屈で孤独に憧れる小学三年生。世間の価値観に立ち止まり悩み考え成長する姿をユーモラスに温かく描く感動作。（津村記久子）
に-22-1

西　加奈子
地下の鳩
暗い目をしたキャバレーの客引きの吉田と、夜の街に流れついた素人臭いチーママのみさを。大阪ミナミの夜を舞台に、情けなくも愛おしい二人の姿を描いた平成版「夫婦善哉」。

に-22-2

（　）内は解説者。品切の節はご容赦下さい。

沼田真佑
影裏《えいり》
ただ一人心を許した同僚の失踪、その後明かされた別の顔――崩壊の予兆と人知れぬ思いを繊細に描き、映像化もされた第一五七回芥川賞受賞作と、単行本未収録二篇。（大塚真祐子）
ぬ-3-1

花房観音
愛の宿
京都の繁華街にひっそりとたたずむラブホテル。ある夜、偶然泊まり合わせた数組の男女の性愛の営みと、思いもよらない本音を、官能と情念の名手が描き出す短編集。（逢根あまみ）
は-55-1

畑野智美
神さまを待っている
真面目に働いていた大卒26歳の愛。派遣切りに遭い、あっという間にホームレスになり、出会い喫茶を知るが……。「助けて」と言えない私がいけない？　傑作貧困女子小説。（佐久間由衣）
は-57-1

樋口有介
あなたの隣にいる孤独
「あの人」から逃げるために母と二人、転々と暮らしてきた無戸籍児の玲菜。そして母の失踪。初めて出来た友人・周東とその祖父とともに母を追い、辿り着いた真実とは――。（伊藤沙莉）
ひ-7-10

ヒキタクニオ
バブル・バブル・バブル
バブルのまっただ中、福岡出身で二十代の俺は汐留の大型ライブハウスの内外装の責任者に大抜擢、モデルと結婚して絶頂の日々も、長くは続かなかった。青春の実話ノベル。（日比野克彦）
ひ-16-5

平野啓一郎
マチネの終わりに
天才クラシックギタリスト・蒔野聡史と国際ジャーナリスト・小峰洋子。四十代に差し掛かった二人の、美しくも切なすぎる恋。平野啓一郎が贈る大人のロングセラー恋愛小説。
ひ-19-2

平野啓一郎
ある男
愛したはずの夫は、全くの別人だった――弁護士の城戸は、かつての依頼者・里枝から「ある男」についての奇妙な相談を受ける。人間存在の根源に迫る、読売文学賞受賞作。二〇二二年映画公開。
ひ-19-3

（　）内は解説者。品切の節はご容赦下さい。

藤沢　周
界
月岡（新潟）、指宿（鹿児島）、化野（京都）、宿根木（佐渡）――邂逅と不在が綾なす漂泊の果てに、男が辿りついた場所とは。九つの場所を経巡る藤沢周の本格小説集。（姜　尚中）
ふ-19-4

藤崎彩織
ふたご
彼はわたしの人生の破壊者であり、創造者だった。異彩の少年に導かれた孤独な少女。その苦悩の先に見つけた確かな光とは。第158回直木賞候補となった、鮮烈なデビュー小説。（宮下奈都）
ふ-46-1

深沢　潮
海を抱いて月に眠る
親戚にも家族にも疎まれながら死んだ在日一世の父。遺品の中から出てきた古びたノートには、家族も知らなかった父の半生が記されていた――。新しい在日文学の傑作。（斎藤美奈子）
ふ-47-1

古市憲寿
平成くん、さようなら
安楽死が合法化された現代日本で、平成《ひとなり》くんは、平成《へいせい》の終わりとともに死にたいと恋人の愛に告げる――いまの時代を生き、死ぬことの意味を問い直す意欲作。著者の新たな用語注解付き。
ふ-48-1

丸谷才一
樹影譚
自分でもわからぬ樹木の影への不思議な愛着。現実と幻想の交錯を描く、川端康成文学賞受賞作。これぞ、短篇小説の快楽！「鈍感な青年」「樹影譚」「夢を買ひます」収録。（三浦雅士）
ま-2-9

町田　康
くっすん大黒
すべては大黒を捨てようとしたことから始まった――爆裂する言葉、堕落の美学。日本文学史に新世紀を切り拓き、熱狂的支持を得た衝撃のデビュー作。「河原のアパラ」併録。（三浦雅士）
ま-15-1

町田　康
きれぎれ
俺は浪費家で酒乱、ランパブ通いが趣味の絵描き。下手な絵で認められ成功している厭味な幼友達の美人妻に恋慕し、策謀を練ったが……。「人生の聖」併録。芥川賞受賞作。（池澤夏樹）
ま-15-3

（　）内は解説者。品切の節はご容赦下さい。

松浦理英子
最愛の子ども
それぞれのかかえる孤独ゆえに、家族のように親密な三人の女子高校生。手探りの三人の関係は、しだいにゆらぎ、変容してゆく。泉鏡花文学賞受賞の傑作。（村田沙耶香）
ま-20-2

丸山正樹
漂う子
行方不明の少女・紗智を探すことになった二村直は「居所不明児童」という社会の闇、子供を取り巻く過酷な現状を知る。親になるとはどういうことか、を問う問題作。（大塚真祐子）
ま-34-2

又吉直樹
火花
売れない芸人の徳永は、先輩芸人の神谷を師として仰ぐようになる。二人の出会いの果てに、見える景色は。第一五三回芥川賞受賞作。受賞記念エッセイ「芥川龍之介への手紙」を併録。

ま-38-1

宮本　輝
愉楽の園
水の都バンコク。熱帯の運河のほとりで恋におちた男と女。甘美な陶酔と底知れぬ虚無の海に溺れ、そして脱け出そうとする人間を描いて哀切ここにきわまる宮本文学の代表作。（浅井愼平）
み-3-6

宮本　輝
青が散る（上下）
燎平は大学のテニス部創立に参加する。部員同士の友情と敵意、そして運命的な出会い――。青春の鮮やかさ、野心、そして切なさを、白球を追う若者群像に描いた宮本輝の代表作。（森　絵都）
み-3-22

皆川博子
U《ウー》
第一次大戦中に展開された独軍のUボート極秘作戦と、一七世紀オスマン帝国が誇ったイェニチェリ軍団。ハンガリー、ルーマニア、ドイツ生まれの三人の少年の時空を超えた数奇な運命。

み-13-11

三田　完
あしたのこころだ　小沢昭一的風景を巡る
俳優や俳人、エッセイスト、ラジオの司会者など多才だった小沢昭一さんを偲び、「小沢昭一的こころ」の筋書作家を務めた著者が向島や下諏訪温泉など所縁の地を訪ねて足跡をたどる。

み-37-3

（　）内は解説者。品切の節はご容赦下さい。

三崎亜記
30センチの冒険
ある日突然、遠近の概念が狂った世界に迷い込んでしまったユーリ。奇妙な現象に苦しむ人々を助けるため、ユーリは立ち上がるが……。切ない記憶を呼び覚ます、異世界ファンタジー。

み-54-2

宮内悠介
カブールの園
カリフォルニアのベンチャー企業で働く日系三世のレイ。祖父母がいた強制収容所跡を訪ねたレイは問う——世代の最良の精神はどこにある？　三島賞受賞の鮮烈な感動作。（鴻巣友季子）
み-60-1

向田邦子
あ・うん
神社に並ぶ一対の狛犬《こまいぬ》のように親密な男の友情と、親友の妻への密かな思慕が織りなす情景を、太平洋戦争間近の世相を背景に描く。著者が最も愛着を抱いた長篇小説。（山口　瞳）
む-1-20

向田邦子
隣りの女
平凡な主婦の恋の道行を描いた表題作をはじめ、嫁き遅れた女の心の揺れを浮かび上がらせた「幸福」「胡桃の部屋」、絶筆となった「春が来た」等、珠玉の五篇を収録。（浅生憲章・中島淳彦）
む-1-22

村上春樹
TVピープル
「TVピープルが僕の部屋にやってきたのは日曜日の夕方だった」。得体の知れないものが迫る恐怖を現実と非現実の間に見事に描く。他に「加納クレタ」「ゾンビ」「眠り」など全六篇を収録。

む-5-2

村上春樹
レキシントンの幽霊
古い館で「僕」が見たもの、いや、見なかったものは何だったのか？　表題作の他「氷男」「緑色の獣」「七番目の男」など全七篇を収録。不思議で楽しく、底無しの怖さを感じさせる短篇集。

む-5-3

村上春樹
パン屋再襲撃
彼女は断言した、「もう一度パン屋を襲うのよ」。学生時代にパン屋を襲撃したあの夜以来、かけられた呪いをとくために。〝ねじまき鳥〟の原型となった作品を含む、初期の傑作短篇集。

む-5-11

（　）内は解説者。品切の節はご容赦下さい。

村上春樹
色彩を持たない多崎つくると、彼の巡礼の年
多崎つくるは駅をつくるのが仕事。十六年前、親友四人から理由も告げられず絶縁された彼は、恋人に促され、真相を探るべく一歩を踏み出す——全米第一位に輝いたベストセラー。
む-5-13

村上春樹
女のいない男たち
六人の男たちは何を失い、何を残されたのか？「ドライブ・マイ・カー」「イエスタデイ」「独立器官」など全六篇。見慣れたはずのこの世界に潜む秘密を探る、めくるめく短篇集。
む-5-14

村田喜代子
飛族
かつては漁業で栄えていた日本海の離島で、92歳と88歳の女性がふたりで暮らす。厳しさに負けず、シンプルに生きようとする姿に胸を打たれる感動の谷崎潤一郎賞受賞作！（桐野夏生）
む-6-6

村上　龍
希望の国のエクソダス
二〇〇一年秋、八十万人の中学生が学校を捨てた！　経済の大停滞が続く日本で彼らはネットビジネスを展開し、遂には世界経済を覆すが……。現代日本の絶望と希望を描いた傑作長篇。
む-11-2

村上　龍
空港にて
コンビニ、居酒屋、カラオケルーム、空港……。日本のどこにでもある場所を舞台に、時間を凝縮させた手法を使って、他人とは共有することのできない個別の希望を描いた短篇小説集。
む-11-3

村上　龍
69　sixty nine
楽しんで生きないのは、罪だ。安田講堂事件が起き、ビートルズ、ストーンズが流れる一九六九年。基地の町・佐世保で高校をバリケード封鎖した、十七歳の僕らの物語。永遠の名作。
む-11-4

村上　龍
オールド・テロリスト
二〇一八年の東京、「満洲国の人間」を名乗る謎の老人たちが、次々とテロを仕掛ける。元週刊誌記者・セキグチは老人たちから意外な使命を与えられるが……傑作長篇。（田原総一朗）
む-11-7

文春文庫　小説

（　）内は解説者。品切の節はご容赦下さい。

月山・鳥海山
森 敦
月山の麓にある注連寺に居候した「わたし」は、現世と隔離されたような山間の破れ寺でひと冬を過ごす。年を経るごとに名作との呼び声が高まる、芥川賞受賞作。（小島信夫）
も-2-2

漁師の愛人
森 絵都
漁師・長尾とその「愛人」の紗江の二人が辿り着いたのは日本海。ずるい男と知りながらも彼と離れられない――不思議な三角関係を描く表題作ほか色彩豊かな短篇集。（東　直子）
も-20-9

出会いなおし
森 絵都
イラストレーターと編集者、主婦と総菜売り場の店員、ほろ苦い記憶を抱えた同窓会で知る意外な事実。気まずさも衝突も痛みも超え「出会いなおし」ていく人々を描く短編集。（中江有里）
も-20-10

トラッシュ
山田詠美
黒人の男「リック」を愛した「ココ」。ボーイフレンド、男の昔の女たち、白人、ゲイ……、人びとが織りなす愛憎の形を、言葉を尽くして描く著者渾身の長篇。女流文学賞受賞。（宮本　輝）
や-23-1

ぼくは勉強ができない
山田詠美
書き下ろしメッセージ「四半世紀後の秀美くん」を加えて、不朽の名作が登場。かつて時田秀美に憧れた方から、現役高校生まで、誰もが魅かれる青春がここにある。（綿矢りさ）
や-23-10

時が滲《にじ》む朝
楊《ヤン》 逸《イー》
梁浩遠と謝志強。2人の中国人大学生の成長を通して、現代中国と日本を描ききった衝撃の芥川賞受賞作。天安門事件前夜から北京五輪前夜まで、中国民主化を志した若者の青春と挫折。
や-48-2

美しい距離
山崎ナオコーラ
妻の看取りに臨む夫は、病院で何を考えるのか？　医者が用意した人生ではなく妻自身の人生を全うしてほしい――がん患者が最期まで社会人でいられるのかを問う病院小説。（豊﨑由美）
や-51-2

（　）内は解説者。品切の節はご容赦下さい。

山尾悠子
飛ぶ孔雀
石切り場の事故で火は燃え難くなった。火を運ぶ娘は孔雀に襲われ、男は大蛇蠢く地下を彷徨う。泉鏡花文学賞・日本SF大賞・芸術選奨文部科学大臣賞受賞の傑作小説。（金井美恵子）
や-73-1

柳　美里
飼う人
ウーパールーパー、カエル、蛾、蝶と不思議な生き物を飼う人々が、いつしかその生き物たちに依存するかのごとく、不穏な領域に踏み込んでいく姿を描いた異色連作集。（岡ノ谷一夫）
ゆ-4-5

湯本香樹実
岸辺の旅
三年間失踪中の夫がある夜ふいに帰ってくる。妻は彼とともに死後の軌跡をさかのぼる旅に出るが……。ミリオンセラー『夏の庭』の著者が彼岸と此岸の愛を描く傑作長篇。（平松洋子）
ゆ-7-2

柚木麻子
終点のあの子
女子高に内部進学した希代子は高校から入学した風変わりな朱里が気になって仕方ない。お昼を食べる仲になった矢先、二人に変化が……。繊細な描写が絶賛されたデビュー作。（瀧井朝世）
ゆ-9-1

柚木麻子
奥様はクレイジーフルーツ
三十歳の主婦、初美は夫と仲は良いが夜の営みが間遠に。欲求不満で同級生の男と浮気をしかけたり、乳房を触診する女医にも発情。幸せとセックスレスの両立は難しい？（小橋めぐみ）
ゆ-9-4

柚月裕子
あしたの君へ
家裁調査官補として九州に配属された望月大地。彼は、罪を犯した少年少女、親権争い等の事案に懊悩しながら成長していく。一人前になろうと葛藤する青年を描く感動作。（益田浄子）
ゆ-13-1

吉村　昭
蚤と爆弾
第二次大戦末期、関東軍による細菌兵器開発の陰に匿された、戦慄すべき事実とその開発者の人間像。戦争の本質を直視し、曇りなき冷徹さで描かれた異色長篇小説。（保阪正康）
よ-1-52

（　）内は解説者。品切の節はご容赦下さい。

吉田修一
パーク・ライフ
日比谷公園で偶然にも再会したのは、ぼくが地下鉄で話しかけてしまった女性だった。なんとなく見えていた東京の景色が、せつないほどリアルに動き始める。芥川賞を受賞した傑作小説。

よ-19-3

吉田修一
横道世之介
大学進学のため長崎から上京した横道世之介十八歳。愛すべき押しの弱さと隠された芯の強さで、様々な出会いと笑いを引き寄せる。誰の人生にも温かな光を灯す青春小説の金字塔。

よ-19-5

吉田修一
路《ルウ》
台湾に日本の新幹線が走る。新幹線事業を背景に、若者から老人まで、日台の人々の国を越え時間を越えて繋がる想いを色鮮やかに描く。台湾でも大きな話題を呼んだ著者渾身の感動傑作。

よ-19-6

吉本ばなな
体は全部知っている
日常に慣れることで忘れていた、ささやかだけれど、とても大切な感情——心と体、風景までもがひとつになって癒される傑作短篇集。『みどりのゆび』『黒いあげは』他、全十三篇収録。

よ-20-1

よしもとばなな
デッドエンドの思い出
人の心の中にはどれだけの宝が眠っているのだろうか——。どんなにつらくても、時の流れとともにいきいきと輝いてくる思い出の数々、かけがえのない一瞬を鮮やかに描く珠玉の短篇集。

よ-20-2

よしもとばなな
ジュージュー
下町の小さなハンバーグ店に集う、おかしくも愛しき人たち。つらいことがあっても、生きることってやっぱり素晴らしい！　おなかも心もみたされる、栄養満点・熱々ふっくらの感動作。

よ-20-7

よしもとばなな
スナックちどり
離婚し仕事をやめた「私」と身寄りをすべてなくしたばかりのいとこのちどり。傷付いた女二人がたどりついたのはイギリス西端の小さな田舎町だった。寂しさを包み合う旅を描く。

よ-20-8

（　）内は解説者。品切の節はご容赦下さい。

吉村萬壱
ボラード病
こんな町、本当にあるんですか—〈空気〉に支配された海辺の町で少女が見たものは？　震災後の社会の硬直・ひずみを「小説」にしかできない方法で描いた話題作。（いとうせいこう）
よ-25-3

吉田篤弘
ガリヴァーの帽子
一本の電話に誘われ降り立った島で見たのはミニチュアの街と小さな男——『ガリヴァー旅行記』に材を得た表題作他「孔雀パイ」『かくかく、しかじか』等、不思議な世界へ誘う八編。

よ-28-2

米澤穂信　編
世界堂書店
不思議な物語、いじわるな話、おそろしい結末、驚愕の真相。あの米澤穂信が世界の名作から厳選した最愛の短編小説が一堂に！あらゆるジャンルを横断する珠玉のアンソロジー。

よ-29-2

吉川トリコ
夢で逢えたら
相方が芸能界を引退し、ピンになった女芸人の真亜子。女子アナの佑里香と共に新番組のメインに抜擢されるが——テレビ業界と社会の理不尽に笑いで立ち向かう痛快シスターフッド小説。

よ-40-1

綿矢りさ
勝手にふるえてろ
片思い以外経験ナシの26歳女子ヨシカが、時に悩み、時に暴走しながら現実の扉を開けてゆくキュートで奇妙な恋愛小説。文庫オリジナル「仲良くしようか」も収録。（辛酸なめ子）
わ-17-1

綿矢りさ
かわいそうだね？
同情は美しい？　卑しい？　美人の親友のこと本当に好き？滑稽でブラックで愛おしい女同士の世界。本音がこぼれる瞬間を描いた二篇を収録。第六回大江健三郎賞受賞作。（東　直子）
わ-17-2